VICTORY STORM

LIAISONS INTERDITES

LIAISONS INTERDITES

Deux familles, égales en noblesse,

Dans la belle Vérone, où nous plaçons notre scène,

Sont entraînées par d'anciennes rancunes à des rixes nouvelles

Où le sang des citoyens souille les mains des citoyens.

Des entrailles prédestinées de ces deux ennemies

A pris naissance, sous des étoiles contraires, un couple
d'amoureux

Dont la ruine néfaste et lamentable

Doit ensevelir dans leur tombe l'animosité de leurs parents.

Les terribles péripéties de leur fatal amour

Et les effets de la rage obstinée de ces familles,

Que peut seule apaiser la mort de leurs enfants,

Vont en deux heures être exposés sur notre scène.

Si vous daignez nous écouter patiemment,

Notre zèle s'efforcera de corriger notre insuffisance.

(Extrait de **Roméo et Juliette**
de William Shakespeare,
traduction de François-Victor Hugo)

1

GINEVRA

"Je ne sais pas, Maya. Il vaudrait peut-être mieux laisser tomber", murmurai-je en m'efforçant de maîtriser l'angoisse qui m'envahissait.

"Allez, Ginevra, laisse-toi aller pour une fois ! N'en as-tu pas assez de toujours devoir te soumettre aux règles de ta famille ? Tu ne me feras pas croire qu'une partie de toi-même ne désire pas sortir des sentiers battus pour s'amuser comme n'importe quelle fille de ton âge !", laissa échapper mon amie en râlant.

Bien sûr que je le voulais ! Mais ce n'était pas évident pour quelqu'un qui, comme moi, avait le sang italien des Rinaldi dans les veines.

Être la fille d'un *boss* de la mafia signifiait mener une vie prédéterminée, encadrée par des règles et des limitations édictées par un *padre-padrone*.

Le fait d'être la plus jeune ne me donnait pas plus de liberté et toute erreur ou transgression était sévèrement sanctionnée. C'était la raison pour laquelle j'avais appris assez tôt à respecter les volontés familiales.

Je m'étais toujours parfaitement comportée mais, au cours des dernières années, depuis que je fréquentais l'université, j'avais commencé à souffrir de cette rigidité typique de mon père et de ce perfectionnisme maniacal de ma mère.

J'avais changé depuis que j'avais été confrontée avec une réalité aussi ample que celle de l'université, dont les étudiants n'étaient pas sélectionnés ni évalués selon les mêmes critères que l'école catholique féminine où j'avais étudié jusqu'alors.

J'avais appris qu'il existait d'autres styles de vie et que, en l'absence de mon père du conseil de faculté, le fait que je fûsse une Rinaldi n'intéressait absolument personne.

Pour la première fois de ma vie je m'étais permise d'être moi-même et d'embrasser des idéaux que mon père abhorrait.

Ces deux dernières années j'étais devenue la brebis galeuse de la famille, celle qu'il fallait éviter ou traiter comme une pauvre dégénérée ; la vérité était que je ne m'étais jamais sentie vivre pleinement jusqu'alors.

Petit à petit j'avais coupé tous ces liens qui m'ancraient dans la famille ; mais j'étais encore loin de jouir pleinement de la liberté et de la faculté de faire ce qui me plaisait, comme prendre des décisions relatives à mon avenir sentimental ou professionnel.

Jusque là je m'étais contentée d'observer Maya, la fille du comptable du patrimoine des Rinaldi et ma seule amie tandis qu'elle transgressait allègrement les règles de sa famille, laquelle respectait à la lettre les lois de mon père.

J'enviais Maya à chaque fois qu'elle m'appelait pour me demander de la couvrir pendant qu'elle fréquentait des amis à elle, non appréciés par ses parents, ou qu'elle sortait avec un garçon.

J'avais toujours admiré sa crânerie vis-à-vis de sa famille dont elle défiait la volonté.

Combien de fois aurais-je voulu l'accompagner, mais le poids de mon nom m'en avait toujours empêchée.

Cependant Maya avait raison : il ne m'était plus possible de continuer ainsi. Je venais de terminer ma première année à l'université sans avoir éprouvé l'ivresse d'une liaison, de la rencontre secrète d'un garçon ou d'une folle soirée en vadrouille en compagnie de parfaits inconnus.

"Ok, allons-y !" m'exclamai-je enthousiaste, la voix encore nimbée d'appréhension.

"Tout ira bien, tu verras. Je l'ai fait plus d'une centaine de fois et je te garantis que je n'ai jamais eu de problème", me rassura Maya.

"J'ai tout simplement peur que quelqu'un me reconnaisse et que mon père l'apprenne."

"J'ai pris toutes les précautions utiles. Regarde un peu", dit-elle en me tendant une perruque aux longs cheveux blonds ondulés.

Comprenant, je blêmis :"Ce n'est pas vrai ! Tu plaisantes ?"

"Ma chérie, tu es la fille du propriétaire de la moitié de Rockart City. Tu ne peux pas sortir sans attirer l'attention."

"Personne ne sait plus qui je suis. Cela fait deux ans que mon père ne m'inclut plus dans ses interviews et il ne m'invite même pas aux cérémonies d'inauguration. Tout le monde pense qu'il n'a que deux enfants et pas trois. Mes apparitions à ses côtés sont plus qu'épisodiques depuis que je suis devenue végétarienne et que j'ai commencé à parler des droits civiques."

Maya gloussa :"Il ne t'a pas encore pardonnée d'être devenue végétarienne ?"

"Non. Quand nous mangeons ensemble il fait déposer un bifteck dans mon assiette que j'éloigne de moi à chaque fois, ce qui l'énerve au plus haut point. Maintenant je mange toujours en solitaire dans l'annexe où j'ai été reléguée", lui expliquai-je tristement. Il était assez douloureux de se sentir rejetée en permanence par sa famille.

"Trop cool ! Là tu es toute seule et tu peux faire tout ce que tu veux !"

"Si seulement c'était vrai ! Rappelle-toi qu'il y a des caméras de vidéo-surveillance disséminées un peu partout dans la maison. Je n'ai pas de vie privée et, souvent, je me demande si je réussirai jamais à me détacher de la famille et à vivre pleinement ma vie, trouver un travail et épouser l'homme que j'aime..."

"C'est impossible tant que tu demeureras à Rockart City. Une feuille ne peut pas bouger à l'est de la *Safe River* sans que ton père en soit tenu au courant... Ton unique espoir est de partir loin, très loin d'ici, là où ton père ne pourra pas parvenir car tu sais parfaitement qu'il ne te laissera jamais agir de ton propre chef. Il mettra tout en œuvre pour t'empêcher de travailler pour subvenir à tes propres besoins, t'empêchant de couper ce cordon ombilical qui t'enchaîne encore à lui malgré tes vingt-trois ans !"

"Et à coup sûr, il ne me laisserait jamais épouser qui je veux."

"Oublie tout cela, Ginevra ! Pense simplement à toutes les relations amoureuses que tu as eues jusqu'à présent."

"Je n'en ai eu qu'une seule, trois jours durant, pendant ma dernière année de *high school*."

"Daniel Spencer, n'est-ce pas ?"

"Oui. À peine ai-je pu échanger un premier baiser avec lui avant d'apprendre que lui et toute sa famille avaient été exilés de Rockart City pour toujours."

"Tout ça pour un baiser... Je n'ose même pas imaginer ce qui se serait passé si tu avais couché avec lui."

Je ris faiblement : "J'aurais atterri dans les oubliettes du château, comme un prisonnier de guerre", même si j'étais convaincue que je subirais le même sort. Je n'avais pas oublié le coup de sang de mon père ni la gifle dont il m'avait gratifiée lorsqu'il avait découvert le béguin que j'éprouvais pour le fils de David Spencer, l'individu qui lui avait fait louper une affaire deux ans auparavant.

Edoardo Rinaldi avait la rancune tenace.

“Bah, cette fois je te promets qu'il n'arrivera rien et ton père n'en sera jamais informé”, me rassura Maya, passant la perruque blonde sur mes cheveux châtains qui me descendaient sur les épaules.

Je me regardai dans le miroir.

J'eus envie de rire parce que j'étais méconnaissable avec cet *eye-liner* noir et ces cheveux qui m'arrivaient à la taille. De plus, la robe que m'avait faite endosser Maya était à l'opposé de mon style bon chic-bon genre habituel.

Cette robe rouge sans épaulettes et cette veste noire aux manches courtes me donnaient une aura de femme cosmopolite, entreprenante et transgressive, tout le contraire de ma personnalité.

Surprise, je m'exclamai : “Est-il possible que ton père ne remarque rien de tout ces achats ?”

“Mon père n'est pas aussi circonspect que le tien mais il pointe toutes les dépenses effectuées par carte de crédit. Quant à ma mère, elle passe ma garde-robe en revue une fois par mois si mon père se plaint du relevé.”

“Ta mère est comme la mienne. Comment se fait-il qu'on ne te reproche pas tous ces achats ?”

“Ma mère n'est pas au courant de ma double vie. J'ai un accord avec la vendeuse du magasin de fringues : elle me laisse emporter ces vêtements à la maison pour les essayer pendant vingt-quatre heures ; je les lui ramène le lendemain, intacts, lorsque je vais acheter des habits plus conformes aux goûts de ma mère”, dit-elle, me dévoilant son stratagème. Ce faisant elle me montra l'étiquette encore attachée à la robe avant de la cacher dans le décolleté, sous l'aisselle droite.

"Tu es géniale !"

"Je sais mais souviens-toi de prendre bien soin de cette robe car demain je dois la rapporter en parfait état au magasin."

"Promis, juré !"

"Bon, alors allons-y. L'employée de maison m'a laissé les clés de la voiture qui sert à faire les courses et, ainsi accoutrées, nul ne nous reconnaîtra lorsque nous nous dirigerons vers la sortie. Pas même le garde du corps qui t'a conduite ici et qui t'attend, garé à l'extérieur de la grille.

"Je l'espère, autrement je suis morte."

"Par précaution laissons les téléphones portables ici pour éviter que le signal GPS nous fasse pincer ; enfin nous n'emporterons dans nos sacs à main que de l'argent liquide et le faux document d'identité que je t'ai procuré. Ce soir, rappelle-toi que je ne m'appelle plus Maya Gerber mais Chelsea Faye ; quant à toi tu n'es plus Ginevra Rinaldi mais Mia Madison, de Los Angeles."

"Tu as vraiment tout prévu, n'est-ce pas ?"

Maya pouffa de rire. "Ginevra, après cinq années d'escapades secrètes, je pourrais même m'évader d'une prison", dit-elle, ce qui détendit l'atmosphère.

2

GINEVRA

Mon cœur battait à tout rompre.

C'était la première fois que je faisais quelque chose de dingue et j'étais morte de trouille.

Je suivis Maya en silence, malgré mes hauts talons.

Tout le monde était parti se coucher et la maison était déserte.

Nous sortîmes par la porte de derrière et nous nous dirigeâmes vers la voiture garée à proximité immédiate, d'après les ordres donnés par mon amie.

Nous montâmes à bord d'une vieille Toyota Corolla et, l'instant d'après, nous démarrions.

Lorsque la voiture franchit la grille d'entrée je me cachai afin de ne pas me faire remarquer des occupants du véhicule garé à proximité. C'était dans cette voiture qu'on m'avait amenée ici et elle ne serait pas repartie sans moi.

Je détestais ce contrôle permanent de tous mes faits et gestes mais je ne savais pas comment me libérer de cette prison sans barreaux.

Le fait d'être une Rinaldi était ma croix et je la porterais jusqu'à ma mort.

Je commençai à me détendre lorsque nous empruntâmes la voie rapide. Mais à peine entrevis-je la *Safe River* que ma respiration s'arrêta : c'était la première fois que je la voyais réellement.

Aussitot la peur pénétra toutes les cellules de mon corps.

Je m'agitai nerveusement, voyant que mon amie franchissait le pont qui reliait les quartiers est et ouest de Rockart City : "Maya, où allons-nous ?"

"Nous nous rendons dans un endroit où ta famille ne viendra jamais nous chercher."

"Es-tu devenue folle ?! Il est interdit aux Rinaldi de s'approcher du fleuve ! Si un membre de la famille Orlando découvre ma présence dans cette partie de la ville, il me descend !", m'écriai-je terrorisée. Je haïssais toutes les règles et limitations imposées par mon père, sauf une : celle de ne pas traverser le fleuve. Je l'avais acceptée de mon plein gré, promettant de ne jamais l'enfreindre si je ne souhaitais pas mourir prématurément.

"Je suis parfaitement au courant. C'est la raison pour laquelle nous avons de faux documents d'identité."

"Ceci ne me rassure pas beaucoup, Maya."

"Chelsea ! Rappelle-toi que je m'appelle Chelsea et toi Mia ! Ne te trompe pas ou nous sommes fichues !"

Le voyage se poursuivit, moi enfoncée dans le siège du passager, les battements de cœur qui me martelaient les tempes, incapable de profiter du panorama de cette partie de la ville que je n'avais jamais vue.

"Tout ira bien, tu verras", me répétait Maya alors que j'étais prête à m'enfuir à l'instant-même pour revenir sur mes pas en jurant de ne jamais renouveler l'expérience.

C'est à peine si je me rendis compte que Maya venait de couper le contact à proximité d'une autre voiture garée sur le bas-côté, avec deux charmants garçons à son bord.

"Le conducteur s'appelle Lucky Molan. C'est celui qui m'a tourné la tête et dont je t'ai beaucoup parlé ces derniers temps. Je l'ai connu grâce au site *Privatelessons.com*. C'est lui qui me donne des cours particuliers d'économie via internet, en cachette de ma mère qui me prend pour un génie. Cela fait deux ans que je me morfonds après lui et ce n'est que maintenant, après avoir décroché mon master, qu'il a consenti à sortir avec moi. Toutefois, lorsqu'il a proposé une sortie en groupe avec son frère qui vient de rompre d'avec sa copine, je n'ai pas pu refuser."

"C'est la raison de ma présence ici, pas vrai, pour occuper le petit frère pendant que toi tu te la coules douce avec l'amour de ta vie ?"

"Je ne dirais pas les choses comme ça mais... oui c'est vrai. Je t'en prie Gin... Mia, il est vital que tout se passe bien parce que je n'ai pas l'intention de m'arrêter à une seule sortie à quatre."

"Il y quelque chose qui m'échappe. Sait-il que tu es Maya Gerber ?"

"Absolument pas. Tu sais que je ne tiens pas à dévoiler ma véritable identité. Je ne tiens pas à ce que l'on sache que je prends des cours particuliers."

"Donc votre relation est basée sur le mensonge. Comment crois-tu qu'il soit possible de construire quelque chose de durable en agissant ainsi ?"

"Pour l'instant je m'amuse, vu ? J'ai envie de sortir avec Lucky et peut-être de coucher avec lui. Je n'ai pas dit que je vais l'épouser !"

"Je pense que ton père ne le permettrait pas."

"Lucky habite à l'ouest du fleuve, donc c'est zone interdite. Même si je ne m'appelle pas Rinaldi, Papa ne veut pas que je fréquente ces quartiers."

"Si on tient compte de tout ce que ton père sait de ma famille et ce qu'il gère pour elle, je pense que tu es autant en danger que moi par ici."

"C'est possible mais je m'en fiche ! Je suis trop jeune pour penser à ces choses-là."

"Ou trop stupide", murmurai-je, ce à quoi elle répondit par une grimace.

En silence, comme si j'avais peur qu'on m'entendît, je sortis de la voiture et me dirigeai avec Maya en direction des deux garçons.

Ils étaient tous les deux blonds aux yeux bleus.

De la chaleureuse embrassade que Maya échangea avec le plus grand et plus mince des deux, je devinai qu'il s'agissait de Lucky.

L'autre s'approcha de moi : "Enchanté, je m'appelle Mike", l'air déprimé et d'une taille de quelques centimètres supérieure à la mienne.

"Mia", me présentai-je, m'efforçant d'étouffer un soupir, de crainte de révéler mon nom véritable.

Combien aurais-je voulu être aussi souple et désinvolte que Maya !

"J'ai réservé au *Bridge*. Sachez que j'ai dû solliciter un ami pour la faveur d'obtenir un pass de cette boîte. C'est un lieu très exclusif, inapprochable pour nous autres simples mortels", dit Lucky en rigolant et nous indiquant un édifice à quelques pas de nous.

"Écoutez, je pensais que nous aurions pu nous rendre au *Lux*... J'y suis déjà allée et j'ai bien aimé l'endroit", intervint Maya dont la pointe d'anxiété dans la voix me préoccupa. Ce n'était pas son genre d'avoir peur et la crainte resurgit en moi de plus belle.

"Chelsea, l'occasion ne se représentera pas et le pass n'est valable que ce soir. En outre c'est l'occasion d'entendre la fameuse pianiste Folkner", l'interrompit Lucky.

Je regardai Maya et lus une forte indécision dans ses yeux sombres, jusqu'à ce qu'elle acquiesçât faiblement.

"Tout ira bien", me glissa-t-elle à l'oreille, saisissant ma main avec trop de force pour qu'elle ne m'effrayât point.

Je ne sais pas où je trouvai le courage de placer un pied devant l'autre pour me diriger vers ce qui me semblait être un nid de vipères.

Ce n'est qu'à deux pas de l'entrée que, levant les yeux, je lus l'enseigne ; pour la enième fois ce soir, je sentis la terre s'affaisser sous mes pas : *"The Bridge. Orlando's Night"*.

Comme s'il avait lu dans mes pensées, Mike m'expliqua que cet établissement appartenait à la puissante famille italienne des Orlando, les premiers arrivés à Rockart City (même si certains soutenaient que les Rinaldi fussent les premiers installés), qui avaient transformé cette vallée désolée en pôle d'attraction pour les migrants, donnant naissance à ce qui était l'une des villes historiques les plus prospères des États-Unis.

Cet établissement avait été la première activité commerciale au cœur de Rockart City, à l'ouest du fleuve.

Mike me fournit quelques informations : "Après le décès du grand Giacomo Orlando, la gestion de l'établissement est passée aux mains de son petit-fils Lorenzo, la brebis galeuse de la famille. Il s'est chamaillé avec tous et a refusé de prendre la succession de son père Salvatore. Il a échappé à l'ire des Orlando parce qu'il était l'aîné, fils unique et le préféré de son grand-père : sur son lit de mort, ce dernier l'avait prié de ne pas abandonner la ville et de poursuivre l'activité de l'établissement, pierre angulaire de la famille Orlando. Par amour pour son grand-père, Lorenzo a accepté et a transformé cet établissement en lieu le plus exclusif et prestigieux de Rockart City."

"Ce doit être un type génial."

"Oui, et il n'a que vingt-neuf ans. Mais ne t'attends pas à un chevalier dans une brillante armure ; c'est un requin comme tous les Orlando et il ne pardonne pas le moindre écart. Un seul faux-pas avec lui et on risque de faire une triste fin. Je me souviens d'une bagarre que deux types avaient déclenché l'an dernier, bagarre qui avait entraîné une intervention de la police. Eh bien, depuis ce jour on se demande bien la fin qu'on faite ces deux abrutis. Si la famille Orlando dirige tout le monde et tout ce qui bouge à l'ouest de Rockart City, au *Bridge* l'unique loi en vigueur est celle de Lorenzo. Tout ce qui gravite autour de lui est archi-blindé et le rend inaccessible s'il n'y consent pas. La ville était convaincue qu'en renonçant à l'héritage de la famille, il aurait perdu tout pouvoir ; et malgré tout Lorenzo a démontré qu'il s'en sortait très bien tout seul. Il dispose aujourd'hui d'un pouvoir comparable à celui de sa famille, chose d'autant plus remarquable qu'il se l'est construit tout seul."

"Bof, le nom de sa famille l'aura aidé."

"À présent, oui. Pas au moment où il avait coupé les ponts avec sa famille. La moitié des parents voulait sa tête lorsqu'il les a envoyés balader. Son grand-père, chef de tous les Orlando, l'aurait protégé mais, après son décès, Lorenzo s'est retrouvé tout seul."

"Il doit avoir un sacré courage pour défier aussi ouvertement sa famille", m'exclamai-je avec une pointe d'envie. Combien aurais-je voulu être comme lui ou avoir un grand-père qui me soutînt. Mais mes grands-parents étaient tous morts ou retournés en Italie.

3

GINEVRA

Malgré la tension, je fus pénétrée de l'atmosphère merveilleuse du *Bridge* quand je pénétrai dans l'établissement.

Ce *night-club* était très sobre, élégant, raffiné ; les murs étaient tapissés de bleu roi avec des arabesques florales dorées qui reflétaient la chaude lumière issue des lustres en cristal.

Les tables étaient sombres, opaques, à l'opposé du plancher constitué de marbre noir africain aux veines dorées.

La musique qu'interprétait la pianiste se répandait harmonieusement en ce lieu, m'incitant à me détendre pour profiter pleinement de cette expérience inoubliable.

Lucky et Mike nous installèrent à une table entourée de canapés et de fauteuils de style rétro recouverts de cuir noir.

Le cadre était un peu sombre mais, grâce à l'éclairage et à l'accueil qu'on percevait, il était impossible de se sentir mal à l'aise en ce lieu. Nous étions les bienvenus et traités avec des égards par un personnel affable, prêt à accourir au moindre appel, sans jamais être envahissant ni indiscret.

"Où mène cet escalier ?", demandai-je à Mike qui avait pris place à côté de moi.

"Je n'ai jamais mis les pieds ici mais on m'a expliqué qu'au premier étage se trouvent des pièces privées et des chambres pour dormir. Il ne s'agit pas d'un hotel mais Lorenzo Orlando a voulu créer une section pour ceux qui auraient besoin de cuver leur vin ou pour d'autres qui seraient venus ici en galante compagnie. Au sous-sol se trouve une grande salle de réception et un billard. Je ne sais pas ce qui s'y passe mais certains disent que ces locaux seraient liés au crime organisé sous l'égide de la famille Orlando. Enfin au second et dernier étage se trouve vraisemblablement le logement du propriétaire."

"De cette façon il ne perd pas ses affaires de vue", notai-je avec suspicion.

"C'est un homme qui aime bien tout contrôler."

"Je l'avais bien compris."

"Même en ce moment il est présent ici et nous tient tous à l'œil."

"Depuis son appartement ?"

"Non, de cet endroit", me corrigea-t-il, indiquant d'un geste du menton un espace surélevé dans le fond de l'établissement.

"Ne le regarde pas ! S'il te chope, il lui vient des soupçons et il nous chasse !", me reprocha Mike. Mais j'étais trop curieuse. Je n'avais jamais rencontré un Orlando de ma vie et j'étais intriguée.

Je sondai chacun des individus présents à cette table en position privilégiée, à laquelle un petit escalier de six marches permettait d'accéder.

Il y avait trois hommes et cinq femmes.

L'homme sur la gauche était concentré sur son portable et ne semblait accorder aucune attention à la conversation que tenait l'individu à sa droite lequel gesticulait en racontant quelque chose de drôle qui faisait rire les femmes présentes.

Lequel parmi eux pouvait être Lorenzo Orlando, me demandai-je.

Celui qui était concentré sur son téléphone portable peut-être ?

Je déplaçai le regard sur la droite et mes yeux affrontèrent ceux du troisième homme.

Profondément gênée de m'être laissée surprendre à le fixer, j'abaissai le regard et me tournai vers mes amis qui étaient en train de commander une bière *Menabrea*.

J'en commandai une également, sans trop savoir à quoi m'attendre. J'étais encore sous le coup de l'émotion provoquée par ces yeux fixés sur moi.

Incapable de me contrôler et de me concentrer sur la conversation autour de ma table, je dirigeai à nouveau le regard vers cet homme.

Je sursautai en notant qu'il me fixait toujours.

J'allais encore détourner le regard mais quelque chose en moi me dicta de tenir bon et ne pas montrer mon embarras.

De plus je voulais savoir ! C'était donc lui le fameux Lorenzo Orlando ?

Je soutins son regard que je ne lâchai plus.

Malgré la lumière tamisée je notai la couleur ambrée de ses yeux. Une couleur pleine, jaune ocre avec des stries cuivrées.

Je n'avais jamais vu des yeux d'une semblable couleur et j'en étais soufflée.

Ils avaient quelque chose de magnétique, de fascinant et de catalytique.

C'est lui Lorenzo Orlando ! J'en suis sûre !

Je l'admirai, laissant mon regard se promener sur son visage carré, sa peau bronzée et sur la barbe non rasée qui lui couvrait la mâchoire.

J'étais surprise. Je m'attendais à trouver un homme tiré à quatre épingles, très posé, attentif à donner une image parfaite de lui. Et au contraire...

L'ébauche de barbe, les cheveux châtains en désordre, des yeux cernés... tout ceci donnait plutôt l'impression d'un homme d'expérience auquel la vie n'avait pas fait de cadeau, qui avait dû créer son espace vital de lui-même.

J'étais fascinée et enchantée par cette image.

Cependant Lorenzo Orlando était tout sauf un homme qui se négligeait, un excentrique ou quelqu'un de peu attentif aux détails.

Les choses paraissaient parfaites dans leur imperfection apparente et son complet sombre en soie faisait pendant à une chemise noire ouverte ; une aura de pouvoir qui semblait transpirer de tous les pores de sa peau.

Il était ouvertement irrésistible. La façon maîtrisée de se tenir assis, sa manière de porter une boisson à ses lèvres attirantes tout en me regardant, me troublaient et m'attiraient vers lui, telle une phalène vers la flamme.

Dangereux et charmeur comme le démon.

C'était l'opinion que je m'étais faite de lui.

J'étais encore en train de le regarder, captivée, quand je vis qu'il portait un *toast* avec sa coupe de *Manhattan* dans ma direction.

Mes joues s'enflammèrent et son sourire séducteur me fit comprendre à quel point ma gêne était perceptible.

Je sombrai dans la honte et détournai aussitôt le regard.

Mon trouble était tel que je percevais les battements de cœur sous ma boîte crânienne.

À la seule pensée d'avoir failli, à deux reprises, me faire pincer pour avoir regardé un homme que je n'aurais jamais dû rencontrer, j'eus envie de m'enfuir à toutes jambes.

Ginevra, tu es en train de jouer avec le feu !

Je regardai la table où un bock de bière était posé devant moi.

La marque de la bière italienne *Menabrea* trônait sur le verre.

Je fis la grimace.

Je n'aimais pas la bière.

À la fin et dans l'incapacité de faire quoi que ce soit, je me résolus à écouter Mike qui avait commencé à me parler de son ex-petite amie avec laquelle il avait partagé quatre années.

Je fis semblant d'y accorder de l'intérêt pendant un certain temps.

Mon esprit, en réalité, retournait à cet individu assis à quelques mètres de moi et vers ses yeux dorés qui m'hypnotisaient.

Malheureusement, après un quart d'heure, l'ennui prit le dessus et, sans pouvoir l'éviter, mon regard revint vers Lorenzo Orlando.

Je ne pouvais pas croire qu'un homme comme lui pût faire du mal à un Rinaldi.

Même si je percevais quelque chose de ténébreux et un voile d'agressivité, Lorenzo semblait être une personne qui se maîtrisait et trop détendue pour faire du mal à qui que ce soit.

Comme s'il avait senti que je le regardais, il se retourna subitement vers moi.

J'eus la souffle coupée quand je perçus son regard dur et soupçonneux.

Effectivement, Lorenzo était un homme dangereux et je me sentis prise au piège à l'improviste.

Je me tournai immédiatement vers Mike, me promettant de ne plus lever les yeux vers Lorenzo.

4

GINEVRA

Bien que prestigieuse et de pur malt italien, je trouvais inconvenant de boire une bière, fût-ce une *Menabrea*, dans un établissement d'une telle classe. D'autant plus que je n'aimais pas la bière.

Je choisis de passer commande d'un *Bellini* en me libérant de Mike par la même occasion, lequel m'abreuvait avec l'exposé minutieux de la rupture d'avec son ex-. Je me levai et me dirigeai vers le bar pour commander ma boisson favorite.

Je m'installai sur un escabeau et attendis le barman qui accourut presque aussitôt pour me servir.

Aimablement, je demandai : "Un *Bellini*, s'il vous plaît."

Immédiatement le serveur prit une pêche blanche dont il mixa la chair avant de la filtrer au travers d'une passoire à mailles fines.

J'étais tellement sous le charme de ses gestes fluides et précis et de la musique que jouait la pianiste Folkner à côté, que je ne me rendis pas compte que quelqu'un s'était assis à côté de moi.

"Bonsoir", murmura à l'improviste une voix chaleureuse et profonde à côté de moi, me faisant sursauter.

Je me tournai vers la gauche et me retrouvai nez à nez avec Lorenzo Orlando.

En un instant ma gorge se dessécha et mon cœur se mit à battre avec violence dans ma poitrine.

Après m'être faite surprendre à trois reprises à le regarder, j'avais fait mon possible pour distraire mon attention et oublier les dangers au devant desquels j'allais en fréquentant ce lieu.

Heureusement les explications de Mike m'avaient aidée mais à présent je me sentais seule, sans défense et totalement vulnérable devant une présence aussi élégante et menaçante, que proche de moi.

Je m'efforçai de répondre à son salut mais les syllabes me restèrent coincées dans la gorge, me faisant littéralement suffoquer.

J'avais l'impression de brûler sous son regard d'ambre, pendant qu'il me regardait avec insistance attendant une réponse de ma part. Il était incrédule et perplexe devant mon silence.

J'étais tellement troublée que mon cerveau se mit en panne et je ne me rappelai plus de rien. La seule chose que me hurlait mon esprit était de ne pas me découvrir en dévoilant ma véritable identité.

Je regardai dans la direction de Maya, pour chercher de l'aide, mais elle embrassait Lucky.

Je tournai mon regard vers Lorenzo.

Il me fixait toujours et je me sentis traquée encore davantage.

J'étais sur le point de m'échapper et disparaître pour toujours lorsque le barman vint à mon secours en m'apportant le *Bellini*.

En essayant de contenir les tremblements provoqués par mon anxiété, je saisis le calice.

En pivotant sur le tabouret afin de me lever mes genoux frôlèrent les siens et je retins mon souffle.

Je levai les yeux, espérant lire indifférence ou distraction dans son regard, mais je fus transpercée par la noirceur de ses pupilles dilatées.

Dans son complet noir il ressemblait à une panthère prête à attaquer sa proie.

"Excusez-moi", bredouillai-je, m'écartant vivement pour rejoindre mon amie.

J'allais faire un pas pour m'éloigner de celui qui annihilait mon sang-froid quand je sentis une prise, à la fois ferme et délicate, autour de mon bras.

Effrayée, je m'arrêtai et vis la main bronzée de Lorenzo sur ma peau claire.

Angoissée, je gémis.

Quand un Orlando et un Rinaldi se rencontraient, cela se terminait toujours de la même façon : par la mort de l'un des deux.

À ce moment-là je perçus avec certitude que j'étais celle qui avait la plus faible probabilité de survie.

Je ne pouvais pas voir l'expression de mon visage mais elle dut être suffisamment éloquente pour que Lorenzo me lâchât.

"Vous ne pouvez pas rester ici", murmura-t-il tout près de moi, tandis que sa main allongée et soignée s'éloignait de mon bras mince et éprouvé par cette expérience surréaliste.

J'en restai bouche bée. Comment Lorenzo Orlando avait-il découvert que j'appartenais à la famille Rinaldi ?

Je bredouillai : "Je... je...", incapable de trouver une excuse plausible.

"Je ne tolère pas les *freelances* et en ce moment je n'ai pas l'intention d'embaucher de nouvelles entraîneuses", m'avertit-il d'un ton sévère, me montrant d'un signe de tête un groupe de femmes élégantes et sexy qui flirtaient et bavardaient aimablement avec des clients.

Entraîneuses ?!

Lorenzo m'avait prise pour une *call girl* !

Regardant ma robe je m'aperçus qu'elle était assez osée ; mais je n'imaginais pas qu'on pût me prendre pour une fille aux mœurs légères.

En outre je trouvais mesquin et digne d'un esprit étroit de juger une femme sur ses habits.

Relevant le menton et adoptant l'attitude la plus froissée et la plus hautaine possible, je m'approchai calmement de l'individu auquel j'aurais voulu flanquer des baffes.

"Je ne suis pas une prostituée", dis-je, vexée, recouvrant l'usage de ma voix suite à la colère subite qui parcourait mon corps en cet instant.

"Elles non plus. Ce ne sont que des entraîneuses. Si elles offrent un supplément de service ce n'est pas mon problème. L'essentiel est qu'elles le fassent en dehors d'ici", répliqua-t-il, surpris par le ton fort peu amène de ma voix.

Je répondis aigrement et sur un ton résolu : "Très bien, je rectifie : je ne suis pas une entraîneuse."

"Les apparences sont parfois trompeuses", répondit-il, décidé à avoir raison. Apparemment je n'étais pas la seule à me comporter avec une telle attitude vis-à-vis du personnel.

Intérieurement je souris : je sentais l'envie de combattre cette bataille et de remporter la victoire.

Qui sait d'où me venait ce courage subit après avoir eu aussi peur... C'était peut-être l'adrénaline qui me tendait comme un ressort.

"Je vous en prie. Je vous pardonne. Je peux imaginer que quelqu'un qui vient d'être récemment libéré puisse avoir des moments de trouble et se méprendre face à des situations sans équivoque."

Il répéta, perplexe : "Libéré ?", avec une pointe de menace dans la voix. Il était clair qu'il faisait un gros effort pour ne pas m'agresser.

Je pris mon courage à deux mains, grâce au sang-froid qu'il montrait sans céder d'un pouce. Je connaissais cette forme d'orgueil et je savais ce qu'elle cachait.

"Oui. Admettez-le : cela fait combien de temps que vous êtes sorti ? Deux jours ? Une semaine ?"

"Sorti de quoi ?", demanda-t-il sèchement, faisant un effort notoire sur lui-même, bien que je ne doutais pas qu'il connût la réponse.

"De prison, évidemment. Je suis capable de reconnaître quelqu'un qui sort de prison et qui a du mal à se réadapter aux règles de la vie en société."

De stupeur il ouvrit brièvement la bouche : il n'était assurément pas habitué à ce qu'on lui parle ainsi. Mais il était trop posé pour jeter le masque d'homme parfait qu'il affichait en présence des autres.

"Qu'est-ce qui vous fait croire que je viens de sortir de prison ?", siffla Lorenzo, les yeux rétrécis et serrant la mâchoire.

"Par votre apparence."

"Par mon apparence", répéta-t-il posément, comme le calme avant la tempête

Je renchéris : "Oui, bien sûr. Ces cheveux n'ont pas connu les ciseaux du coiffeur ni un peigne depuis belle lurette", lui montrant sa chevelure savamment décoiffée, sans manquer d'élégance. "Même cette ébauche de barbe vous donne l'air d'avoir vécu, un passé dissipé... Sans parler des cernes sous vos yeux qui ne laissent pas présager des nuits calmes ; ce qui est compréhensible : je suppose qu'il est difficile de partager une cellule avec un étranger qui pourrait avoir de mauvaises intentions. Malheureusement il n'existe pas encore de législation relativement aux abus sexuels entre détenus, donc vous avez toute ma compréhension."

"Je crois que j'ai compris", m'arrêta-t-il, incapable d'écouter autre chose sortir de ma bouche. "Navré de vous décevoir mais je n'ai jamais les pieds en prison."

"Les apparences sont parfois trompeuses", m'exclamai-je avec une sourire diabolique et un haussement
d'épaules en répétant ses propres paroles.

"*Touché*", murmura-t-il avec un demi-sourire, comprenant mon intention de me venger d'avoir été prise pour
une entraîneuse.

"Permettez-moi de vous offrir un verre", offrit-il pour
s'excuser alors que je m'apprêtais à partir. Je le dévisa-
geai et son expression du style '*ça ne s'arrêtera pas là*'
m'alarma.

Je le bloquai instantanément : "Je n'accepte pas de cadeau de la part d'inconnus", et déposai un billet sur le
comptoir, amplement suffisant pour couvrir le coût du
Bellini tout en laissant un généreux pourboire au barman.

"J'étais sûr que cela ne serait pas nécessaire mais... soit,
je me présente : Lorenzo Orlando, propriétaire du
Bridge", dit-il me tendant la main.

Je regardai cette main tentatrice et mon cœur se mit à
battre la chamade.

L'idée de le toucher me laissait présager de faire
quelque chose d'interdit et punissable de la pire des manières.

Ginevra, tu joues avec le feu !

Toute mon arrogance de l'instant d'avant m'aban-
donna, aussi rapidement qu'elle était arrivée.

"Je vous jure que je ne mords pas", murmura-t-il, notant mon hésitation à lui serrer la main.

"Mia, où étais-tu fourrée ?", intervint Maya, me faisant sursauter. Je ne l'avais pas vue s'approcher et je ne m'attendais pas à son bras passé autour de mes épaules.

Je le regardai brièvement et compris qu'elle accourait à mon secours.

"Mia", répéta pensivement Lorenzo.

"Oui, Mia Madison, et moi je suis Chelsea Faye. Enchantée. Votre établissement est superbe. Félicitations !", s'interposa Maya, serrant la main de Lorenzo à ma place et s'interposant entre nous deux, comme si elle prenait ma défense.

"Je vous remercie", lui répondit-t-il avec un sourire affecté, destiné à dissimuler son irritation pour l'interruption. "Est-ce la première fois que vous venez dans mon établissement ?"

"Oui. Nous sommes de passage à Rockart City. Mince ! Il est tard et nous devons rentrer mais j'espère pouvoir revenir bientôt", s'excusa Maya l'air enjoué. Elle était la seule à paraître toujours naturelle et contente, même quand la situation était tendue.

"À bientôt alors", répondit courtoisement Lorenzo, m'adressant un dernier regard avant de s'éloigner.

J'esquissai un vague salut de la tête.

"Que diable s'est-il passé ?", lâcha Maya lorsque nous fûmes seules.

"Rien", répondis-je avec un filet de voix, incapable d'imaginer ce qui aurait pu se produire.

"Quand je t'ai vue avec lui j'ai cru que j'allais devenir folle. Je t'ai entraînée ici pour que tu t'amuses, pas pour te faire descendre", me dit-elle en proie à une vive agitation, prenant le *Bellini* qu'elle descendit en quelques gorgées pour calmer son excitation. "Courage, allons-y ! J'ai dit à Lucky que tu as la permission de minuit et que tu dois être de retour avant deux heures du matin", et elle m'entraîna par le bras vers la sortie.

Un réceptionniste surgit devant moi, tendant une carte noire qui portait l'inscription'*The Bridge. Orlando's Night*' en lettres dorées : "Excusez-moi mademoiselle. Monsieur Orlando m'a demandé de vous remettre un *pass* de notre établissement en cadeau pour s'excuser du *quiproquo* dont vous avez été la victime. Monsieur Orlando a ses clients à cœur et tient à ce qu'ils soient satisfaits. Ce pass vous offre un accès réservé et une consommation gratuite pour vous et vos invités."

"Ce n'est pas nécessaire mais remerciez votre patron pour l'attention et dites-lui que j'ai déjà oublié notre malentendu", répondis-je courtoisement et rougissant pour cette délicate attention.

Lorenzo Orlando, m'offrirais-tu un pass ou bien un aller simple pour l'enfer si tu savais que je suis la fille du boss Edoardo Rinaldi?

"Je vous en prie", supplia-t-il, surpris de mon refus. Il ne comprenait pas que ramener une telle carte à la maison signifierait pour moi une probable condamnation à mort par mon père.

"Merci pour le pass !", intervint Lucky, prenant la carte à ma place. "Tu es folle Mia ? Sais-tu combien coûtent ces *pass* ?"

"Tu veux te brouiller avec la famille Orlando ?", renchérit Mike.

Je bredouillai, mal à l'aise : "Non, je..." mais Maya me prit par le bras et m'entraîna vers le parking à l'extérieur de l'établissement.

"Rentrons à la maison", soupira Maya soulagée, après un rapide salut aux deux garçons.

Nous montâmes à bord de la voiture.

À la traversée du pont sur la *Safe River*, à ma grande surprise, je notai que mon cœur battait autant la chamade qu'à l'aller.

C'était comme si, au cours de cette soirée, quelque chose d'irrésistible et d'extrêmement puissant m'était tombé dessus.

5

GINEVRA

Je n'avais pas cessé de penser à Lorenzo pendant toute la semaine.

J'avais lu des livres, visité des galeries d'art, participé à une réunion sur les droits civiques ; peine perdue, tout me semblait insignifiant et dénué de toute émotion.

Ce n'était qu'en repensant à Lorenzo, à ce que je lui avais dit, que je me sentais vivre et aux anges.

C'était incroyable !

J'avais été tentée de solliciter Maya pour me ramener de l'autre côté du fleuve mais je ne voulais pas lui demander ouvertement.

Au fond de moi j'étais consciente du fait que mon action était erronée et que le danger encouru était réel. Mais c'était ce qui m'avait motivée ces derniers jours.

Il suffisait que je ferme les yeux pour réentendre la voix chaude, profonde et légèrement rauque de Lorenzo.

Sans parler également de ses cheveux châtains désordonnés au milieu desquels me prenait l'envie d'y passer les doigts.

Ou sa barbe de quelques jours.

Je n'avais jamais touché un homme, pas même mon père ni mon frère.

Une part de moi-même aurait voulu lui caresser son visage pour percevoir ce qu'on ressent à effleurer cette écorce rugueuse et non rasée de près.

Oh mon Dieu, le toucher...

J'en avais le souffle court rien que d'y penser.

l'idée m'excitait et me terrorisait à la fois.

Toucher un Orlando était interdit !

J'avais encore la sensation de la chaleur de sa main sur mon bras.

Et j'aurais payé cher pour éprouver de nouveau cette sensation.

Et ses yeux...

Mon Dieu, Ginevra, calme-toi !

"Ginevra, tu veux te blesser ? Peut-on savoir ce qui te passe par la tête ?", s'exclama Maya en me tirant de mes pensées.

"À rien", répondis-je précipitamment tout en continuant à couper les oignons.

"Je ne te crois pas."

"J'étais en train de penser à quelque chose à te cuisiner. J'espère que les pâtes à la sauce seitan te plaisent", répondis-je promptement. Je fis revenir l'oignon avec le céleri et les carottes.

"Je le découvrirai bientôt mais je te fais confiance. Tu es un vrai cordon bleu même si j'estime honteux que tes parents n'aient pas mis de domestique ou une aide quelconque à ta disposition pour faire ce travail."

"Mon père a été très clair : tant que durera mon régime végétarien et que j'aurai ces idées en matière de droits civiques, je resterai reléguée dans cette annexe et je devrai me débrouiller seule. À présent je suis devenue une femme au foyer modèle."

"Tu passes aussi l'aspirateur ?", s'enquit Maya écœurée.

"Oui, je fais la cuisine, le linge, le repassage et mon lit toute seule."

"Mince ! J'en serais bien incapable ! Ils te traitent comme une esclave !"

"Ne dis pas de sottises. J'ai acquis mon indépendance et je ne fais rien de plus que ce que la majorité des gens fait au quotidien. Tout le monde ne peut pas se permettre d'avoir du personnel qui le remplace en tout et pour tout, tu sais ?"

"Et cette situation te convient ?"

"Oui", murmurai-je abattue. En réalité nettoyer ma maison ou cuisiner pour moi ne m'intéressait pas. Ce qui me faisait le plus mal était l'attitude de ma famille : ils ne voulaient plus de moi, ils n'acceptaient pas ma différence, ils ne démontraient aucun intérêt à mon égard.

Les rares fois où je me retrouvais en famille étaient une souffrance parce qu'ils me coupaient la parole, ne me laissaient pas entamer un sujet de conversation et, pis encore, négligeaient de demander au cuistot de préparer de la nourriture à part pour moi.

Je me sentais souvent seule et, depuis trois ans, j'étais exclue et traitée sans aucun égard.

Mon déménagement dans cette annexe était l'enième tentative pour m'isoler afin d'éviter que je fasse partie de la vie de la famille.

Même ma sœur Rosa m'évitait et, depuis son mariage, elle avait cessé de me téléphoner.

Les relations avec mon frère Fernando n'avaient jamais été chaleureuses et je n'avais jamais pu souffrir la distance qu'il avait instaurée entre nous deux. En tant qu'aîné il avait dix ans de plus que moi et était l'héritier direct de l'empire de Papa ; pour ces raisons il se permettait de tyranniser tout le monde.

"Écoute, Lucky m'a appelé. Il a ton pass. Apparemment il a essayé de se rendre au *Bridge* avec ses copains mais on lui a dit que la carte était nominative et qu'il ne pourrait y entrer sans toi. Il m'a demandé si cela nous plairait d'y retourner ce soir avec lui et l'un de ses amis qu'il voudrait te présenter. Il m'a montré sa photo : c'est un joli garçon ! Peut-être en sortira-t-il quelque chose pour toi, qu'en dis-tu ?"

Je repensai à Lorenzo.

Sans être capable de l'admettre, j'avais follement envie de le revoir.

Ma réponse laissa Maya abasourdie : "Ok !"

"Tu parles sérieusement ? Disons que ça me fait plaisir mais j'étais convaincue que tu ne voulais plus entendre parler du *Bridge* et des Orlando après ce qui s'était passé là-bas samedi dernier."

"J'ai besoin de changer d'air."

"Autrefois quand tu souhaitais changer d'air, tu me demandais l'autorisation d'aller en montagne dans le *cottage* de mon grand-père. Alors qu'à présent tu me dis que tu veux retourner dans l'antre du loup. J'ai dû te contaminer avec ma manie de faire des choses hors normes."

"Cela se pourrait", répondis-je en souriant, joyeuse.

6

LORENZO

Je ne pus retenir un petit sourire de satisfaction quand je vis Mia Madison franchir l'entrée du *Bridge*.

Je savais qu'elle avait refusé mon *pass* et que seule l'intervention d'un de ses amis l'avait sauvée. Nul n'était assez fou pour offenser un Orlando en refusant son cadeau, même si Mia semblait indifférente à mon nom de famille et à ce qu'il représentait à Rockart City.

Mon sourire s'épanouit lorsque je la vis ôter sa veste légère en lin blanc pour dévoiler une robe montante bleu clair, même si cette dernière avait une large échancrure dans le dos.

Son apparence chaste, soulignée par un léger maquillage aux nuances pâles, était une indication claire du fait qu'elle tenait à ne pas être prise pour une entraîneuse comme la fois dernière.

Pendant un bref instant son regard croisa le mien.

Nous nous fîmes un bref signe de tête en guise de salutation mais ses yeux restèrent accrochés aux miens une fraction de seconde de trop pour que je ne comprenne pas qu'elle avait pensé à moi pendant la semaine qui venait de s'écouler, tout comme moi j'avais pensé à elle.

Il était difficile de m'ôter de la tête une femme qui m'avait ouvertement traité de repris de justice et m'avait défié si ouvertement, bien que je lui fisse peur.

Je promenai lentement mon regard sur elle, à la recherche de cette femme transgressive et sans complexes, mais toute trace semblait en avoir disparu.

Elle était simple et très belle.

Ses yeux bleus légèrement teintés de violet ressortaient grâce à son fard à paupières lilas et les lèvres charnues à peine soulignées d'un rouge à lèvre rose.

Par rapport à la fois précédente, elle paraissait plus jeune. Je ne lui donnais guère plus de vingt-cinq ans et les manières gracieuses et raffinées avec lesquelles elle se déplaçait, s'asseyait et portait le verre de *Bellini* à ses lèvres... tout ceci avait quelque chose de sensuel et charmant à la fois.

J'avais compris qu'elle avait fait des études supérieures et n'était pas une vulgaire entraîneuse lorsque j'avais parlé avec elle et, à présent, la voyant dans sa merveilleuse simplicité, je m'aperçus qu'elle était bien plus que ce qu'elle ne laissait entrevoir. Toutefois sa timidité et sa réserve, lorsque le garçon auquel elle parlait la touchait, me firent comprendre qu'il y avait quelque chose d'étrange en elle : c'était comme si le contact physique la dérangeait...

Elle avait été très réservée avec moi mais j'avais lu la peur dans son regard ; alors qu'à présent il s'agissait d'irritation et d'aversion, bien que dissimulées derrière des sourires affectés et des gestes mesurés, pas assez incisifs cependant pour que le garçon garde ses mains à leur place.

J'appréciai ses efforts pour maîtriser sa nervosité tout en gardant le masque d'une jeune fille distinguée, même s'il était clair par ailleurs qu'elle aurait voulu gifler son cavalier.

Je jouis du spectacle depuis ma position surélevée, me demandant combien de temps il lui faudrait avant de sortir de ses gonds.

D'autre part son amie Chelsea semblait ne se rendre compte de rien, tant elle était prise par les épanchements avec le garçon avec lequel elle sortait déjà la semaine dernière.

À un certain point le cavalier de Mia se mit à jouer avec ses longs cheveux blonds.

Apparemment ce geste la dérangea au plus haut point car elle se leva d'un coup et, avec une excuse quelconque, se dirigea vers les toilettes.

J'allais replonger le nez dans mon verre lorsque je vis le garçon la suivre.

Je connaissais bien ce sourire trop sûr de soi et je me doutais de la suite qu'allaient prendre les événements.

En temps normal j'aurais fait appeler un serveur pour lui demander d'intervenir ; mais cette fois je sentis que mes mains me démangeaient et, si je découvrais ce que je craignais, je n'aurais pas hésité à boxer le malchanceux.

Je me dirigeai nonchalamment vers les toilettes des femmes.

Porte close.

Je frappai à la porte et pour toute réponse j'entendis un cri, aussitôt étouffé, et quelque chose qui tombait par terre.

Je ne voulais pas provoquer un esclandre ni effrayer les clients étant donné que la réputation de mon établissement était basée sur la discrétion ; donc j'évitai d'enfoncer la porte ou de crier qu'on m'ouvrît.

J'appelai aussitôt Jacob, mon second, et me fis apporter les clés des toilettes.

Je me précipitai dans les toilettes pendant que Jacob refermait la porte derrière nous.

Mia était au sol, une joue rougie, tandis que le garçon avait la braguette ouverte et était allongé sur elle, lui bloquant les poignets.

Je balançai ce salaud au loin et me penchai vers Mia.

Je lui écartai les cheveux du visage mais, à peine mes doigts eurent-ils effleuré son visage qu'elle sursauta et s'éloigna du contact, terrorisée.

Avec surprise je vis une mèche brune émerger au niveau de sa tempe et je compris que ses blonds cheveux n'étaient qu'une perruque.

"Mia, c'est moi, Lorenzo Orlando", lui dis-je lentement en lui prenant les épaules secouées par les sanglots. "Viens, je vais t'aider à te relever."

Elle fixa longuement ma main, comme s'il s'agissait de quelque chose d'interdit et de dangereux mais, à la fin, elle accepta mon aide.

Avec douceur je l'aidai à se remettre debout ; ce faisant je m'aperçus qu'elle avait dû se fouler la cheville car elle boîtait et la sangle de sa chaussure était cassée.

Avant qu'elle ne s'effondrât à nouveau je la saisis dans mes bras pour l'emporter.

Elle était tellement désorientée et effrayée de ce qui venait d'arriver qu'elle n'opposa aucune résistance et se blottit contre ma poitrine en tremblant.

Entretemps Jacob s'était occupé du type.

"Si je te revois dans mon établissement je te brise en mille morceaux", le menaçai-je avant que Jacob ne l'expulse.

Je sortis des toilettes et notai les regards curieux de certains clients. Seule l'amie de Mia semblait bouleversée et se précipita vers nous.

"Mon Dieu... Que t'est-il arrivé ?" s'écria-t-elle désespérée en voyant le visage écarlate de Mia.

Celle-ci essaya de la rassurer : "Tout va bien"

"Ça ne va pas. Plus rien ne va... Mince, s'il t'arrive quelque chose, je suis morte !"

Cette phrase m'inquiéta parce que Chelsea semblait réellement y croire.

J'aurais voulu creuser la question mais Sebastian, mon manager, s'approcha.

"Trouve-moi les clés d'une chambre. La demoiselle s'est blessée et a besoin de prendre un peu de repos", lui demandai-je.

"Toutes les chambres sont occupées", me dit-il d'un air soucieux.

Je conclus, décidé : "Alors je l'amènerai dans mon appartement."

"Non !" s'exclamèrent à l'unisson Mia et Chelsea.

"Ne vous inquiétez pas. Il n'est pas dans mes habitudes de sauver une femme d'une tentative de viol pour en abuser ensuite. En attendant, Sebastian appelle un médecin et la police, ainsi la cliente pourra porter plainte.

"Non !" s'écrièrent presque simultanément Mia et Chelsea.

"Ce n'est pas nécessaire... Je vais bien et il ne s'est rien passé. Je crois qu'il vaut mieux tourner la page et oublier cet incident. De plus je ne tiens pas à créer un scandale qui porterait atteinte à la réputation des Orlando", se hâta d'ajouter Mia, inquiète.

Je pressentais un sac de problèmes d'après la panique qui je lisais dans les yeux des jeunes femmes.

"Entendu, comme il vous plaira", décidai-je en me dirigeant vers le deuxième étage où se trouvait mon appartement.

Je transportai Mia dans la chambre des invités et la déposai sur le lit.

"Merci", me remercia-t-elle timidement.

J'en vins à ce qui me préoccupait : "Et maintenant, peux-tu me dire ce qui s'est passé et ce que t'a fait ce garçon ?"

"J'étais en train de me rafraîchir lorsqu'il est entré dans les toilettes. Il a fermé la porte. Je me suis fâchée et il a commencé par me bousculer. J'ai perdu l'équilibre à cause des talons hauts et je suis tombée, me foulant la cheville droite. Je pensais qu'il m'aurait aidée et se serait excusé... À l'inverse il m'est tombé dessus et à commencé à... me toucher... à me dire d'arrêter de faire la sainte nitouche... j'ai essayé de le frapper mais il s'est défendu et m'a giflée... Je... Je..."

"Et puis ?", dis-je doucement, essayant de maîtriser la colère qui m'envahissait.

"Il a relevé ma jupe et a ouvert le rabat de ses pantalons... C'est à ce moment-là que tu as frappé à la porte en lui intimant d'ouvrir. J'ai essayé de crier mais il m'a mis la main sur la bouche. J'ai essayé de me libérer, sans y parvenir et, à la fin, tu es entré... Merci d'être intervenu", bredouilla Mia, encore sous le choc.

Je répondis avec détachement : "Je n'ai fait que mon devoir. Nul ne peut se permettre de faire certaines choses chez moi ni d'importuner mes clients", même si, en réalité, j'étais furieux au point de vouloir casser la figure à ce fils de pute.

"Lorenzo", m'appela Sebastian.

Sortant de la chambre avec mon manager, je me congédiai des deux jeunes femmes : "Je vous laisse. Je reviens de suite"

"Il y avait ceci dans les toilettes", me dit Sebastian en me tendant la pochette de Mia. "Fais gaffe, Lorenzo. Je ne leur fais pas confiance."

"Moi non plus. Elles dissimulent quelque chose."

"Tu trouveras peut-être la réponse à l'intérieur", me suggéra-t-il en ouvrant la pochette.

Je tournai le dos aux filles afin qu'elle ne me voient pas car la porte était ouverte.

Je fouillai dans la pochette dont le contenu me surprit.

Dedans se trouvaient à peine deux cents dollars et la carte d'identité de Mia Madison.

Je scrutai le document.

Faux !

J'échangeai un regard avec Sebastian qui acquiesça pour me faire comprendre qu'il constaté la même chose.

"Quelle femme sort sans son téléphone portable ?, demanda-t-il d'un air inquisiteur.

"Soit une personne qui ne veut pas être localisée, soit quelqu'un qui est trop pauvre pour s'en payer un."

"Je pencherais pour la première hypothèse étant donné que sa robe provient d'un grand magasin."

"Je ne pense pas", murmurai-je.

"Que faisons-nous ?"

"Je m'en occupe. Pour le moment appelle le nouveau qui fait la plonge, celui qu'on a embauché le mois dernier. Il m'avait dit qu'il faisait des études de kinésithérapie. Fais-le monter afin qu'on sache si cette chère Mia Madison s'est réellement fait mal ou s'il ne s'agit que d'une mise en scène. Et cherche des informations à son sujet. Là dessus il est écrit qu'elle vient de Los Angeles. Au moins, voyons si c'est véridique."

"J'ai des contacts là-bas."

"Utilise-les et ensuite rends-moi compte de ce que tu auras découvert."

"Et que fait-on de l'agresseur ?"

Encore furieux, je tranchai : "Trouve qui c'est et puis démolis-le : qu'il souhaite disparaître de la surface de la Terre et tout particulièrement de Rockart City". J'aurais fait n'importe quoi pour lui ruiner sa carrière ou sa vie et seul l'exil le sauverait.

"À tes ordres !"

En toute hâte Sebastian partit se mettre à l'œuvre.

Je m'apprêtais à retourner dans la chambre lorsque j'entendis Chelsea se fâcher contre Mia.

"Lève-toi je t'en supplie. Je veux bien te porter jusqu'à la maison si nécessaire."

"Non. Je te l'ai déjà expliqué."

"Tu ne peux pas me faire ça ! Je... je... Mince, il ne fallait surtout pas qu'une telle chose arrive. Tout est de ma faute !"

"Ne dis pas de bêtises."

"Je n'aurais jamais dû te convaincre de m'accompagner."

"Tout va bien, Chelsea", s'efforça de l'apaiser son amie.

"Cesse de dire que tout va bien !" hurla la jeune femme en pleine crise d'hystérie.

Avant que les choses ne dégénèrent je pénétrai dans la chambre.

À l'instant les deux femmes se turent.

"Comment vas-tu Mia ?" lui demandai-je.

"J'ai un peu mal à la cheville mais ça va. Je suis encore sous le choc de ce qui s'est passé", me répondit-t-elle, montrant sa cheville enflée.

Le plongeur, Randy, arriva heureusement sur ces entrefaites.

Je lui présentai Mia qui se laissa manipuler, pendant que son amie prenait une serviette humide dans la salle de bains et la lui passait sur ses joues écarlates.

"Je ne suis pas médecin et je ne suis qu'en avant-dernière année de kinésithérapie mais la cheville ne semble pas cassée. Elle devrait dégonfler avec de la glace et, après deux jours de repos, tout devrait revenir à la normale. Évidemment il vaudrait mieux faire une radio..." expliqua Randy.

"Je suis sûre qu'avec un peu de glace tout va s'arranger pour le mieux", le rassura Mia.

Randy soigna rapidement Mia et je profitai de l'absence de Chelsea, occupée avec Sebastian qui voulait connaître le nom de l'agresseur, pour rester en tête-à-tête avec elle.

M'asseyant sur le rebord du lit, je lui demandai gentiment : "Est-ce que ça va mieux ?"

"Oui, merci. Je suis vraiment désolée pour le dérangement que je vous crée", me répondit-elle, revenant à un certain formalisme. Apparemment le choc était passé et elle avait retrouvé la maîtrise d'elle-même.

"Nous pouvons nous tutoyer."

"Ok", dit Mia sans enthousiasme dans un murmure à peine perceptible.

"Je t'ai rapporté ta pochette", lui dis-je en posant l'objet sur le lit.

"Merci."

"Veux-tu que je prévienne ta famille ?"

« Non. »

« Veux-tu que je te raccompagne chez toi ? »

« Ce n'est pas nécessaire mais si ma présence t'importune, alors je m'en vais tout de suite. »

« Tu es mon invitée et tu peux rester aussi longtemps que tu voudras. »

« J'ai simplement besoin de quelques minutes de repos », murmura Mia, endolorie et épuisée, fermant les yeux.

« Prends tout ton temps. »

Je n'eus pas de réponse.

Elle venait de s'endormir.

7

GINEVRA

À mon réveil je vis les premières lueurs de l'aube au travers de la fenêtre.

Les murs d'une couleur gris tourterelle et les meubles de chêne me remémorèrent le lieu où je me trouvai.

Il s'agissait du domicile de Lorenzo Orlando.

"Mais quelle heure est-il ?", bafouillai-je encore à moitié endormie.

Une voix répondit : "Il est cinq heures du matin", me faisant sursauter.

Je regardai autour de moi et vis Lorenzo, appuyé au chambranle de la porte, qui me dévisageait.

Il était, comme toujours, habillé en noir mais cette fois les manches de la chemise était relevées jusqu'au coude.

Je sursautai lorsque j'aperçus le tatouage sur son bras gauche : un aigle, symbole de la famille Orlando, qui tenait entre ses serres un serpent, symbole de la famille Rinaldi.

C'était un tatouage semblable, mais inversé, de celui qu'arboraient tous les mâles de la famille Rinaldi et ses alliés.

Ce symbole me rappela qui j'étais et la raison pour laquelle il était mal et dangereux de rester en cet endroit.

"Où est mon amie ?", demandai-je préoccupée.

"Elle s'est endormie sur le divan. Je lui ai proposé un hotel mais elle n'a pas voulu te quitter. Elle était très préoccupée ; elle veillait encore sur toi il y a une heure."

Effondrée et encore sous le choc de la soirée précédente, je soupirai : "Je suis vraiment désolée… de tout ce qui s'est passé". Je ne parvenais pas encore à me convaincre que Clark, l'ami de Lucky, ait eu le courage de porter les mains sur moi.

J'avais assez tôt perçu qu'il s'agissait d'un type qui n'avait pas de complexe à flirter et à être envahissant au-delà des limites de la convenance. Ingénument j'avais cru qu'il avait un minimum d'éducation et une once de bon sens.

Je ne me serais jamais attendue à un tel comportement !

Je regardai Lorenzo dans la pénombre.

Il m'avait sauvée.

Il avait sauvé une Rinaldi !

Si seulement il savait…

Je lui étais profondément reconnaissante et j'aurais voulu lui révéler ma véritable identité ; mais je savais que j'aurais perdu la gentillesse et la délicatesse avec laquelle il m'avait traitée.

Sa voix seule était parvenue à me calmer après l'agression que j'avais subie et, quand il m'avait prise dans ses bras, je m'étais sentie en sécurité, enveloppée dans cet enlacement chaud et ce subtil parfum de fruits méditerranéens qui me rappelaient la mer.

Je m'étais laisser bercer par l'odeur de sa peau et par sa gorge découverte.

C'était la chose la plus excitante qui me fût jamais arrivée et, malgré la peur, j'aurais aimé glisser la pointe de mon nez dans son cou, jusqu'à son menton hirsute pour ensuite remonter vers son visage. J'aurais voulu parcourir ses joues avec mes lèvres afin d'éprouver la sensation de toucher un homme.

Ces pensées me firent rougir.

Je baissai le regard et tentai de me lever du lit.

Ma cheville était encore douloureuse mais l'enflure avait diminué de volume ; sans chaussures je parvenais à marcher presque normalement.

"Tu ne devrais pas te lever", s'exclama Lorenzo, si proche de moi qu'il me fit sursauter. Je ne l'avais pas entendu s'approcher et je ne m'attendais pas à ce qu'il ne se trouve qu'à quelques centimètres de moi.

Il me saisit le bras et m'aida à marcher.

Je n'aimais pas ses manières un peu brutales mais la délicatesse avec laquelle il me tenait faisait battre mon cœur à cent à l'heure.

"Je vais bien", le rassurai-je, me laissant conduire au salon où je trouvai Maya endormie sur un grand divan de cuir blanc.

"Désires-tu boire quelque chose ?"

"Du thé, si possible. En général, le matin lorsque je me lève, je me prépare toujours du thé vert au citron."

"Et que veux-tu manger ?"

"Ce qu'il y aura, même si j'ai tendance à prendre des gâteaux. Je suis gourmande."

"Pas d'œufs au *bacon* ?"

"Je suis végétarienne. Je suis plutôt amatrice de viennoiseries *vegan* intégrales, remplies de confiture au citron avec des fruits confits au gingembre."

"Un choix sophistiqué."

Je répondis, partagée entre l'irritation de devoir justifier mes choix en matière alimentaire et l'intention de montrer que j'étais sensible à la santé et à l'environnement : "Je dirais vert et salutaire mais je ne m'attends pas à avoir mon petit déjeuner préféré. En général je prépare moi-même ce genre de viennoiserie."

Lorenzo me conduisit dans un petit salon plus accueillant où trônait un bureau fait de verre et d'acier, au milieu d'étagères métalliques remplies de livres et de classeurs.

Il me fit installer sur une chaise-longue au tissu beige, afin que je puisse rester avec la jambe soulevée pour ménager ma cheville endolorie.

Il prit un fauteuil recouvert de tissu gris tourterelle, qu'il approcha de moi et s'y assit.

Il tapota un message sur son portable puis il m'examina.

"Bien, si tu vas mieux, pouvons-nous avoir une petite conversation tous les deux ?" commença-t-il, ce qui m'alarma. Le ton de sa voix avait une intonation plus dure et la position de son fauteuil était telle que je ne pourrais pas m'échapper facilement en cas de nécessité.

Je me sentis acculée, sous la menace d'un danger plus grand de celui de la veille.

"Certainement", murmurai-je prudemment. "De quoi veux-tu que nous parlions ?"

"De toi."

"De moi ? Et que désires-tu savoir ?"

"Commençons par le commencement : qui es-tu ?"

Cette interrogation me mit à rude épreuve. Je devais faire très attention parce que l'éventualité d'être découverte pouvait survenir à tout moment.

"Je m'appelle Mia. Mia Madison. J'ai vingt-trois ans et je viens de Los Angeles", répondis-je avec calme, m'efforçant de maîtriser l'angoisse qui me tenaillait la gorge.

Sortant de la poche de ses pantalons ma fausse carte d'identité, Lorenzo renchérit : "Cette Mia Madison ?"

J'étouffai un soupir à l'idée qu'il ait pu fouiller dans mes affaires. Heureusement que je n'avais pas pris mon portable !

Je me contentai d'acquiescer d'un signe de tête et son regard s'assombrit davantage.

"Mia, je te conseille de ne pas me mentir. J'ai la fâcheuse habitude de réagir de façon incontrôlée face aux mensonges", dit doucement Lorenzo, se grattant nerveusement la barbe, ce qui me fit comprendre que je devais surveiller tout ce que j'allais dire. Cependant je n'avais pas le choix.

J'essayai de comprendre : "Je ne vois pas où tu veux en venir." Je me trouvais au bord du précipice, prête à chuter au fond du ravin.

"Je m'efforce de comprendre pourquoi tu te promènes avec des faux papiers d'identité si Mia Madison est ton vrai nom. Et pourquoi portes-tu une perruque ?"

Je sursautai, choquée. Instinctivement je portai la main à la tête et sentis que la perruque avait bougé, laissant apparaître sur mon front les mèches de couleur châtain de ma véritable chevelure.

J'ôtai la perruque et le filet. Il était inutile de les porter dorénavant.

Je sentis immédiatement la frange sur mon front et ma chevelure sombre m'effleurer les épaules.

Je mentis pour me justifier : "Je n'aime pas mes cheveux". Mais la mâchoire serrée de Lorenzo me fit comprendre qu'il n'en croyait pas un mot.

"Tu n'aimes pas ta robe non plus ?"

"Pardon ?", m'enquis-je confuse.

"L'étiquette du prix dépasse du décolleté", me signala-t-il.

Je me portai la main à l'épaule : il avait raison !

"On me l'a prêtée."

"Est-ce ainsi qu'on appelle un vol de nos jours ?"

"Ce n'est pas ce que tu crois."

"Sans aucun doute... Et ton nom ?"

"Je m'appelle Mia Madison", répétai-je, dans l'espoir qu'il me crût.

"Je me suis peut-être mal exprimé. Faisons une nouvelle tentative", lança-t-il avec irritation. Il tira un pistolet de la poche arrière de ses pantalons et le posa sur l'accoudoir du fauteuil, juste à côté de moi. "Qui es-tu ?"

La vue de cette arme me fit paniquer. Je me raidis.

Il était clair que Lorenzo voulait me coincer pour me contraindre à lui confesser la vérité.

Une seule chose me surprit : il avait posé l'arme à un endroit d'où j'aurais pu m'en emparer en tendant le bras. Est-ce que par hasard il était en train de me mettre à l'épreuve ?

Je ne bougeai pas d'un poil.

Il réitéra sa demande : "Alors ? Qui es-tu ?", mais sans prendre l'arme.

"Je suis une personne qui veut maintenir un certain degré de vie privée, en particulier quand on pointe une arme dans sa direction."

Il me provoqua : "Prends-la si tu veux."

Avec sévérité, je soutins : "Je n'ai pas l'intention de toucher un pistolet ! Je veux simplement rentrer chez moi et oublier toi et cet endroit. Pour toujours", décidée à clore cette conversation.

"D'accord, mais pas avant que tu ne m'aies révélé ta véritable identité."

"Je ne tiens pas à te dire la vérité", confessai-je. Peut-être m'en sortirais-je en disant la vérité.

"Pourquoi ?"

"Parce que je ne peux pas, je ne veux pas et je n'y suis pas obligée. Tout ce que je peux te dire est que mes secrets n'ont rien à voir avec toi."

"Donc tu n'es pas une taupe ou une personne cherchant à s'introduire chez moi pour me truander ?"

"Jamais de la vie. Je te le jure." Une telle insinuation m'effrayait.

"Alors pourquoi te caches-tu sous une fausse identité et te dissimules-tu avec une perruque ? Crains-tu d'être reconnue ou est-ce que tu fuis quelqu'un ?"

Est-ce que tu fuis quelqu'un ?

Je repensai à mon père.

J'en étais arrivée à accomplir ce geste fou de franchir la *Safe River* pour échapper au contrôle étouffant de mon père. Fût-ce pour une seule nuit.

Toutefois il restait la question primordiale de ne pas être reconnue en tant que Rinaldi.

"Les deux", confessai-je tristement. Oui j'étais triste. Triste de mon existence privée de liberté. Triste d'être obligée de mentir. Triste d'un futur sans issue.

"As-tu des problèmes ?"

Combien j'aurais voulu m'épancher avec lui et tout dire ; mais je ne le pouvais pas.

"Cela dépend de toi. As-tu l'intention de me retenir ici contre ma volonté ?"

"Non", grogna-t-il en se rendant. Il était clair qu'il aurait volontiers souhaité le contraire.

"Alors j'aimerais rentrer chez moi."

"Où se trouve ton domicile ?"

Le cœur gros, je murmurai : "Je te le dirai lorsque j'en aurai un". Je n'avais pas encore trouvé un endroit pour moi toute seule, un endroit où je me sentirais bien, libre et protégée. "Pour le moment je ne peux que te remercier, mille fois merci de tout ce que tu as fait pour moi, et te prier de me laisser partir. Je te promets que je ne te causerai plus aucun souci à l'avenir."

"Ne fais pas de promesse que tu n'es pas sûre de pouvoir tenir."

Il avait raison. Je ne pouvais pas continuer à lui mentir.

Il m'avait sauvée, soignée et abritée pour la nuit, en dépit de Maya qui voulait me ramener dare-dare chez elle, sans songer à ce que sa famille aurait pensé en me voyant clopiner dans cet état.

J'étais débitrice vis-à-vis de Lorenzo alors que de mon côté je l'abreuvais de mensonges.

J'étais une personne ignoble.

"Mia !" La voix de Maya se fit entendre derrière moi. Elle s'était réveillée et était à ma recherche. "J'ai fait appeler un taxi. On y va ?"

Lorenzo essaya de gagner du temps : "Vous ne voulez pas déjeuner d'abord ?", encore insatisfait des informations obtenues à notre sujet.

"Le taxi nous attend", l'informa Maya en m'aidant à marcher.

"Merci pour tout", fut la seule chose que je pus dire à Lorenzo avant de quitter définitivement le *Bridge*.

Je montai en voiture sans quitter des yeux l'homme qui s'était arrêté sur le seuil de son établissement.

Il ne dit pas un mot. Il ne me salua pas. C'était comme si notre conversation n'était pas terminée et mon départ une simple parenthèse avant de revenir vers lui.

Je lus dans son regard d'ambre une détermination qui me laissa interdite.

Je ne remettrais jamais les pieds chez lui.

Même si je le voulais.

Cette nuit avait été dangereuse et il s'en était fallut de peu que je sois découverte.

Je ne pouvais plus prendre de risque à l'avenir.

Ma vie n'était pas la seule en jeu mais également la sienne, s'il m'avait recherchée pour se venger.

Maya interrompit mes pensées : "D'après toi, est-ce qu'ils nous suivent ? Ce Sebastian m'a posé des tas de questions cette nuit pendant que tu dormais."

"Je ne sais pas mais peux-tu m'expliquer la raison pour laquelle tu as commandé un taxi alors que nous sommes venues avec la voiture de ta domestique ?"

"Pour éviter qu'ils puissent remonter jusqu'à nous grâce à la plaque d'immatriculation. Mais maintenant il faut revenir en arrière ; je ne peux pas abandonner la voiture là-bas."

"Alors que fait-on ?"

"Je connais un endroit... Chauffeur, conduisez-nous au *Pub Hero*", ordonna mon amie au chauffeur.

Ceci le préoccupa : "À l'est du fleuve ?" Apparemment même les chauffeurs de taxi craignaient de traverser la *Safe River*.

"Oui."

Je laissai Maya nous piloter.

Nous pénétrâmes ensemble dans l'établissement.

Il n'était que six heures du matin mais l'endroit était plein d'ouvriers qui prenaient un café avant de se rendre au travail.

"Je n'ai jamais mis les pieds ici mais je connais un gar-çon qui suivait le cours de droit financier avec moi l'année dernière. Il avait un petit faible pour moi et m'a souvent proposé de sortir avec lui. Bien que j'aie toujours refusé, je suis sûre qu'il pourra nous aider" me glissa Maya à l'oreille, prenant place parmi les clients.

"Seth !" s'exclama Maya à l'attention d'un garçon avec des *dreadlocks*.

"Maya ! Que fais-tu dans le coin ?"

"J'ai besoin de ton aide. Mon amie et moi-même avons été attaquées et nous n'avons plus d'argent pour nous payer le taxi. Pourrais-tu par hasard nous accompagner jusqu'à la voiture que j'ai laissée de l'autre côté du fleuve la nuit dernière ?" le supplia-t-elle.

"Je viens à peine de prendre mon service."

"Je t'en prie. Nous sommes vraiment désespérées ! Regarde ma copine : elle boîte également ! Je ne peux plus la soutenir ni continuer à marcher dans ces conditions."

Seth céda : "D'accord. Ma voiture est garée sur le parking situé à l'arrière du bâtiment. Suivez-moi."

L'instant d'après je me retrouvai à l'extérieur de l'établissement dans un lieu désert où étaient garées les voitures du personnel.

Maya et moi-même prîmes place à l'arrière. Sans que Seth le remarque, nous nous baissâmes afin qu'on ne nous voie pas au travers des vitres lorsque le véhicule prit la route principale pour revenir à notre point de départ.

"Si quelqu'un nous suivait, il s'attendra à nous voir sortir et prendre un autre taxi. Personne ne soupçonnera Seth donc nous sommes tranquilles."

Quelques minutes plus tard le jeune homme nous déposait devant la voiture de Maya.

"Rappelle-toi que tu me dois une faveur", lui dit Seth avant de prendre congé.

"Tout ce que tu veux", murmura Maya d'une voix mielleuse, appuyée à la fenêtre ouverte de la voiture et déposant un léger baiser sur les lèvres du conducteur.

Nous nous précipitâmes dans la véhicule où se trouvaient toujours, cachés dans la boîte à gants, les clés et la télécommande de la grille de la villa de Maya ainsi que son véritable permis de conduire.

Il était près de sept heures lorsque nous arrivâmes à la maison.

Comme la fois précédente, nous garâmes la voiture devant l'entrée de derrière et personne ne se rendit compte de notre retour. Pas même le garde de mon père qui attendait toujours à l'extérieur.

Tendue, je lui demandai : "Et qu'est-ce que je raconte pour l'entorse ?"

"Nous expliquerons que tu as glissé en sortant de la douche."

"J'avais oublié que tu as une excuse prête en toute circonstance."

"Exact. Et si quelqu'un avait découvert notre absence cette nuit, rappelle-toi de dire que nous sommes allées au *cottage* de mon grand-père en montagne."

"Ok."

8

LORENZO

"Disparues dans le néant", continuai-je à répéter après le enième compte-rendu relatif à la recherche de Mia et Chelsea, une histoire qui durait depuis huit jours.

"Lorenzo on a cherché partout", tenta de se justifier Jacob.

Intimidé, Sebastian se joignit à lui : "On a également fait chou blanc pour la piste de Los Angeles. Et Lucky Molan, le jeune homme qui les a accompagnées à deux reprises m'a dit qu'il avait connu Chelsea par l'intermédiaire de conversations en ligne dans le cadre des cours particuliers qu'elle prenait. C'était la première fois qu'il la voyait en réel mais il ne sait rien d'elle."

J'explosai : "Comment deux gamines ont pu vous échapper ?", perdant mon calme je lançai le verre de whisky contre le mur.

Sebastian s'efforça de me calmer : "Nous les avons suivies selon tes instructions. Cela s'est fait discrètement et je peux t'assurer que le chauffeur du taxi ne s'en est pas rendu compte."

"Hier j'ai retrouvé le chauffeur qui m'a dit que l'une des deux avait peur d'être suivie et avait préféré le taxi à la voiture de sa domestique. De tout ceci j'en déduis que l'une des deux, Chelsea Faye, doit être riche mais nous n'en savons guère plus. Apparemment les deux jeunes femmes se sont faites véhiculer de l'autre côté du fleuve, sûres de nous échapper étant donné que l'endroit est zone interdite pour nous", ajouta Jacob.

L'autre intervint : "Nous les avons suivies jusqu'au *Pub Hero*. Nous avons attendu une heure en voiture avant de pénétrer dans l'établissement pour constater qu'elles avaient disparu."

"Il est clair que quelqu'un de l'établissement les a aidées !", m'exclamai-je de nouveau.

"Oui, mais nous ne pouvions pas questionner tout le personnel ni les clients !"

"Et pourquoi pas ?", grondai-je, incapable de réfléchir posément.

Mon inconscience mit Jacob en colère : "Parce que c'est le territoire des Rinaldi ! Il était vital de garder un profil bas pour en sortir vivants sans provoquer un incident diplomatique. La guerre entre les Rinaldi et les Orlando est terminée depuis quelques années grâce à l'ultimatum de la Maison Blanche. Il n'était pas question de détruire cet accord pour une bêtise. Lorenzo, peut-on savoir pourquoi tu t'obstines tant sur cette Mia Madison ?"

"Quelque chose en elle me...", m'efforçai-je de répondre mais mon cerveau disjoncta. À chaque fois que je pensais à elle, je me sentais au milieu d'une tempête en mer.

J'étais conscient que Mia n'avait rien fait qui m'obligeât à penser du mal d'elle, ses mensonges exceptés.

Ces derniers jours j'avais visionné les enregistrements de vidéosurveillance et examiné dans les moindres recoins la chambre où elle avait dormi, sans rien trouver d'anormal. Cependant j'étais sûr que Mia fût bien plus qu'elle ne laissait paraître.

J'étais désorienté : ses manières posées, sa démarche gracieuse, féminine et mûre, d'une part, contrastaient fortement avec l'*aura* sensible, sans défense, mal assurée, triste et apeurée, qui émanait d'elle quand je la regardais ou m'approchais d'elle, d'autre part.

Je sentais que j'avais une certaine influence sur elle. À chaque pas vers elle je voyais tomber ce masque de sang-froid et émerger ce qu'il dissimulait.

Plus d'une fois j'eus l'impression que Mia voulait me dire la vérité. J'avais presque l'impression qu'elle voulait mon aide mais sans savoir comment la solliciter.

J'étais convaincu qu'elle avait des ennuis.

Je n'en comprenais pas la raison mais cette conviction troublait mon sommeil et me poussait à vouloir la retrouver à tout prix.

Je ne faisais que penser à ses yeux bleus ombrés de violet qui me dévisageaient avec curiosité et crainte, comme la première fois où je l'avais surprise à me regarder.

Son regard était comme le feu qui couve sous la cendre, au ralenti mais persistant, et qui vous trompe avec ses flammèches ; mais quand on découvre qu'on s'est brûlé le cœur, il est trop tard.

C'était une femme dont on ne s'apercevait pas qu'on l'avait à ses côtés, avant d'en être complètement subjugué.

Je l'avais compris dès notre premier conversation. Je l'avais vraiment sous-estimée quand je l'avais insultée sans vergogne, la taxant d'entraîneuse.

Je ne me serais jamais attendu une telle réaction où elle m'avait rendu la monnaie de ma pièce de si belle façon !

Même quand je l'avais subtilement menacée si elle ne révélait pas sa véritable identité, j'avais été surpris de son attitude ferme et compassée, bien que ses yeux fussent dilatés par la peur.

Elle n'avait même pas envisagé de prendre l'arme pour la pointer vers moi.

Si quelqu'un d'autre avait agi de cette façon, il l'aurait fait parce que j'étais un Orlando. Mais Mia avait démontré qu'elle n'éprouvait aucune déférence à mon égard pour ce motif.

Elle savait que j'étais un Orlando et qu'il était dangereux de se faire des ennemis dans ma famille ; mais jamais elle n'avait exprimé une quelconque forme de dévotion aveugle pour ce fait.

Et cela me rendait fou, dans tous les sens du terme.

"Lorenzo, tire un trait sur cette histoire et va de l'avant, d'accord ?", me secoua Jacob dans mes pensées.

J'évitai de répondre que je l'aurais déjà fait si cela avait été si facile.

Le fait était que je n'y parvenais pas et, la soirée précédente, alors que j'avais attendu toute la nuit qu'elle pénètre dans mon établissement, donnant l'ordre de la laisser entrer même si elle n'avait pas de *pass*, j'avais failli devenir fou.

J'étais sûr qu'elle reviendrait vers moi.

Je n'en avais pas dormi, continuant à me demander où elle pouvait bien se trouver et si sa cheville était complètement guérie.

Mia où es-tu ? Qui fuis-tu ?

9

GINEVRA

Les occasions de déjeuner en famille où mon père me faisait appeler étaient plutôt rares.

En général je m'efforçais de m'habiller le mieux possible et serrais mes cheveux dans serre-tête, comme l'aimait ma mère. Mais cette fois je n'en fis rien.

Je gardai *jeans* et *tee-shirt*, les cheveux libres, légèrement frisottés à cause de la pluie.

Je ne pris même pas la peine de les plaquer ou de les nouer en queue de cheval.

Je ne mis qu'un léger fond de teint pour cacher la pâleur et les cernes sur mon visage.

En vérité j'étais éteinte.

Cela faisait deux semaines que j'avais l'impression de séjourner dans les limbes, en transe.

Depuis mon retour à la maison j'étouffais et rien ne pouvait m'émouvoir.

Nul n'avait pris la peine de comprendre ce qui m'était arrivé et ma mère m'avait reproché l'entorse à la cheville, faite en glissant dans la salle de bain des Gerber ainsi que je lui avais raconté.

Maya était la seule à connaître la vérité.

J'en étais carrément venue à lui demander de m'accompagner encore au *Bridge*, chose qu'elle avait catégoriquement refusé.

"Tu es folle ? Il ne t'a donc pas suffi de te faire pratiquement violer par ce bâtard, avant que Celui Que Je Ne Nommerai Pas te menace avec son arme ?" m'avait agressé Maya, furieuse et encore secouée par cette aventure.

"Lorenzo m'a sauvée."

"Ne cite plus le nom de ce type en ma présence, est-ce clair ?"

"Il n'a rien fait de mal."

"C'est un Orlando et cela suffit !" répliqua-t-elle sèchement, fermement décidée à oublier l'un des pires moments de son existence.

Avec toutes ces pensées en tête je me dirigeai vers la villa.

Je traversais l'entrée en direction de la salle à manger lorsqu'on me saisit par les flancs et je tombai à la renverse.

Je hurlai de frayeur.

"Je t'ai attrapée !", s'exclama joyeusement la personne qui me reçut dans ses bras afin que je finisse pas le cul par terre.

Je me tournai et, à peine vis-je les yeux verts malicieux de Brian Esposito, que je me fâchai.

J'ignorais si j'étais furieuse pour la plaisanterie ou contre ces yeux, verts au lieu d'être ambrés et envoûtants.

Je soupirai en repensant à Lorenzo.

Je ne parvenais pas à le chasser de mon esprit !

En fermant les yeux je revenais à chaque fois à son parfum, à son embrassade, à sa barbe hirsute, à son regard rusé et séduisant.

"Lâche-moi Brian !". Je m'agitai pour me dégager tandis que lui essayait de m'embrasser.

"Tu es très belle Ginevra", me chuchota-t-il à l'oreille, me tenant toujours serrée et passant ses mains sous mon chemisier.

Je sursautai, choquée.

En vingt-trois années nul homme n'avait jamais osé me toucher de cette façon alors qu'à présent, en moins de dix jours, j'étais pour la seconde fois la victime d'un harcèlement sexuel !

Faisant effort je parvins à pivoter mon corps vers Brian et dès que je sentis l'érection dans ses pantalons appuyer contre mes *jeans*, je lui collai une gifle en plein figure.

Surpris par ma réaction il me laissa partir.

Je le menaçai : "Essaie encore de m'approcher et je le dirai à mon père !"

Il réagit avec colère, me secouant par les épaules : "Fais tout ce que tu veux mais tu ne peux pas me dire ce que je dois ou ne dois pas faire ! Tu apprendras bientôt qui commande ici."

Je demeurai interdite devant une telle arrogance. Invoquer mon père avait toujours été un bon moyen de dissuasion ; mais pas cette fois.

Mais que diable se passe-t-il ?

Dans l'incapacité de réagir, je me dirigeai vers la salle à manger ou je trouvai mes parents, mon frère Fernando, qui ne daigna même pas me saluer, et ma sœur Rosa avec son mari.

Je pris place à table dans un silence total, comme l'exigeait mon père.

Je serrai les dents quand je vis la domestique m'apporter un *risotto* aux fruits de mer, plein de poissons et de crustacés.

Par chance on me servit presque aussitôt du vin blanc pétillant que j'avalai avec voracité.

J'avais besoin d'oublier ce qui venait de se passer avec Brian et la douleur que j'éprouvais en ce moment.

Rosa arrêta le domestique qui allait lui verser du *Montechiari* brut : "Pas de vin pour moi. Je ne peux pas consommer d'alcool."

Surprise, je l'observai et notai qu'elle se portait les mains au ventre.

Émue, je compris : "Mon Dieu tu es enceinte !" cela faisait une année que Rosa voulait avoir un enfant.

"Oui", me répondit-t-elle en souriant.

"Mais c'est génial ! Je vais être tata ! Il faut fêter ça !" m'exclamai-je heureuse. À ma grande surprise, personne ne sembla sauter de joie. C'était comme si...

Je compris, avec une boule dans la gorge : "Vous étiez au courant, n'est-ce pas ?"

"Nous te l'aurions annoncé mais..." commença ma sœur, visiblement embarrassée.

"Mais nous avions préparé un *barbecue* pour fêter l'évènement et nous avons jugé qu'il valait mieux ne pas t'inviter, vu ton régime", ajouta son mari.

Ils avaient fait la fête, sans même m'inviter.

Mon estomac se noua entièrement.

"Je te promets que nous nous ferons pardonner l'année prochaine lorsqu'on célébrera ton mariage", ajouta Rosa, me laissant sans voix.

"Mon... quoi ?"

"Nous avons observé qu'entre Brian et toi il règne une bonne entente", s'ingéra ma mère sur un ton prudent mais sévère.

Papa, maman, vous n'êtes pas en train de me dire ce que j'imagine, n'est-ce pas : que vous êtes en train de me vendre à votre nouvel associé ?

"J'aurai plutôt parlé de harcèlement", dis-je, serrant les dents et lançant un regard accusateur en direction de Brian, lequel jubilait, indifférent à mes paroles.

"Nous pensons qu'est arrivé pour toi le moment de te marier et de fonder une famille. Il n'y a que cinq années de différence entre toi et Brian : vous serez un couple bien assorti", intervint autoritairement mon père.

"Et puis tu ne peux pas continuer à vivre dans ton annexe !" commenta ma mère avec irritation.

"Je peux toujours chercher du travail et prendre un appartement", m'efforçai-je de dire, mais le coup sec de la main de mon père sur la table me fit comprendre que j'avais dit un mot de trop.

« Tu te marieras avec Brian et tu uniras les familles Rinaldi et Esposito ! Ainsi notre famille gagnera plus de pouvoir et nous pourrons nous étendre dans les quartiers ouest de Rockart City à partir du port ! » s'écria, furieux, mon père.

Écœurée, je lâchai : « Tu me sacrifies pour satisfaire tes ambitions expansionnistes ? »

« Ne dis pas de bêtises ! Tu es une privilégiée et il est de ton devoir d'honorer et de porter respect à ta famille ! »

J'explosai et me levai : « Tu ne sais même pas ce qu'honneur et respect veulent dire ! »

« Comment oses-tu parler sur ce ton à ton père ? »

« Et toi, comment oses-tu me traiter comme un vulgaire objet d'échange ! »

« Encore une parole et... », me menaça mon père, mais je ne l'écoutais plus. Je tournai les talons et sortis de la pièce, lançant un regard de mépris à l'adresse de toute la famille qui n'avait pas levé le plus petit doigt pour m'aider ou me soutenir.

Je n'entendis que les imprécations de mon père au loin qui jurait ses grands dieux que d'une façon ou d'une autre, j'épouserais Brian d'ici dix mois.

Je me dirigeai vers l'annexe, mon corps secoué par les battements de cœur mais, au moment de quitter la villa, je compris que je ne serais jamais parvenue à me battre contre mon père ni à avoir un peu de paix en restant ici.

Il fallait que je m'en aille.

Oui, je devais m'échapper.

Loin.

Le plus loin que possible.

Là où aucun Rinaldi ne serait venu me chercher.

Toutefois j'étais seule et j'avais besoin d'aide.

Je me serrai dans mes bras, les larmes aux yeux, cherchant un peu de réconfort, mais je me sentis plus seule et abandonnée que jamais.

Je fermai les yeux et aussitôt apparut le visage de Lorenzo.

C'était lui que je voulais.

Il était le seul à m'avoir protégée et m'avait laissée partir librement, malgré mes mensonges et mes secrets.

Je lui avais promis qu'il ne m'aurait plus jamais revue ; mais à présent j'aurais donné une fortune pour me blottir entre ses bras.

Décidée à réaliser l'idée folle qui prenait forme dans mon esprit, je me dirigeai vers le vestiaire où on rangeait les vestes, les sacs et les effets personnels des invités.

J'y entrai et trouvai aussitôt le sac à main de ma sœur ainsi qu'une mallette.

Incapable de croire à ce que je m'apprêtais à faire, je fouillai le sac à main et le portefeuille de Rosa où je dénichai quelques centaines de dollars.

Je pris cet argent.

Malheureusement la mallette était fermée et je n'en connaissais pas la combinaison.

Je courus à l'annexe où je récupérai toutes mes économies.

Au total je disposais d'un millier de dollars.

Il fallait m'en contenter car je ne pouvais pas me servir de la carte de crédit au risque d'être repérée.

En définitive, les leçons de Maya servaient à quelque chose !

Sachant qu'il restait peu de temps avant que mon père envoie quelqu'un me chercher, je glissai l'argent dans ma poche, posai le téléphone sur ma tablette de nuit et me dirigeai vers le garage.

"J'ai un rendez-vous avec mon amie Maya au *Pub Hero*", me contentai-je de dire au chauffeur en montant à bord d'une Maserati noire.

"Votre père ne nous a pas prévenus."

J'improvisai : "Maya vient de téléphoner pour me dire qu'elle se retrouve à pied devant ce bar et m'a demandé d'aller la chercher" . Qui sais si je ne devrais pas la prévenir ?

Non, je risquerais de mettre mon amie en danger !

Finalement la voiture démarra.

M'inspirant de tout ce que m'avait appris Maya, je suivis ses conseils.

Je me fis déposer devant le bar en demandant au chauffeur de m'attendre à l'extérieur.

J'entrai et cherchai Seth.

À la fin le jeune homme aux *dreadlocks* se montra à la porte de la cuisine où il préparait des hamburgers sur la plaque de cuisson.

"J'ai besoin de ton aide", le suppliai-je désespérée.

"Je t'offre deux cents dollars pour me conduire et trois cents de plus pour que tu tiennes ta langue. Nul ne doit savoir que tu m'auras amenée à l'ouest du fleuve. Si on t'interroge invente un mensonge : dis que tu m'as conduite à la gare routière et que j'ai parlé de New York. Aide-moi je t'en supplie !"

Seule la terreur dans ma voix et les larmes qui commençaient à ruisseler sur ma figure le poussèrent à exaucer ma demande malgré le risque d'être licencié qu'il encourait.

10

LORENZO

“Lorenzo ! Debout !”, me hurla Sebastian dans les oreilles, me réveillant en sursaut.

Je ne dormais pas depuis plusieurs nuits et je me levais tard, à l’heure du déjeuner.

“Laisse-moi dormir ou je te vire”, bafouillai-je, la voix empâtée par le sommeil.

“Il y a cette fille en bas, Mia Madison”, m’annonça-t-il.

Instantanément toute fatigue me quitta.

Je me levai aussitôt et enfilai des pantalons noirs et une chemise de couleur anthracite.

“Dois-je la faire entrer ?”

“Non je m’en occupe. Je veux lui parler en tête-à-tête”, lui répondis-je pendant que je me débarbouillai le visage en toute hâte.

Parvenu au rez-de-chaussée, je la trouvai assise à même le troittoir détrempé par une pluie torrentielle, adossée à la porte de l’établissement.

Elle n’avait pas de parapluie et était trempée.

J'observai avec soulagement qu'elle ne portait ni perruque ni vêtement sexy.

Je m'approchai en silence.

Elle se tenait le visage entre les jambes et ses épaules étaient secouées de sanglots.

Elle a des soucis. Je savais qu'elle serait revenue vers moi.

J'ouvris lentement la porte et lui posai une main sur l'épaule.

Elle étouffa un cri de frayeur mais, dès qu'elle me vit, elle se calma.

Elle essuya son visage empli de larmes.

"L'établissement est fermé pendant la journée", l'avertis-je en feignant l'indifférence, tout en essayant de comprendre ce qui lui arrivait. Elle était bouleversée, effrayée et à bout de nerfs.

La voir dans cet état me fit l'effet d'un coup de poing à l'estomac.

"J'ai besoin d'un endroit où dormir. Tu as des chambres ici et..."

"Elles sont réservées aux invités."

Face à mon apparent détachement, elle fit une nouvelle tentative : "Ce n'est que pour quelques jours."

Je la provoquai : "Ok. As-tu des papiers pour l'enregistrement ? Je veux dire de vrais pièces d'identité."

"Non je les ai perdus", mentit-elle en abaissant le regard. Je savais qu'elle ne pouvait pas me tromper et elle était gênée.

"As-tu une carte de crédit pour le réglement ?"

"J'ai du liquide. Je peux payer d'avance", me dit-elle précipitamment, extrayant une dizaine de billets de banque froissés et mouillés de la poche de ses *jeans*.

"D'où proviennent-ils ? Laisse-moi deviner : il s'agit d'un prêt n'est-ce pas ?"

"Non, je les dérobés", révéla-t-elle avec une expression de colère et de douleur qui me firent taire pendant quelques instants.

"À qui ?"

"À ma sœur."

"Et cette sœur, elle a un nom ?"

Silence.

"Es-tu recherchée ou une plainte a-t-elle été portée contre toi ?"

"Pas à ma connaissance."

Au moins elle était sincère !

Je soupirai, essayant d'envisager quoi faire.

Je me grattai pensivement la barbe.

Quelque chose me disait de chasser Mia en lui intimant de ne plus se montrer, car je ne voulais pas de problème. Mais une autre partie de moi-même voulait l'enserrer entre mes bras pour lui dire qu'ici elle serait en sécurité.

"Entendu, je m'en vais. J'ai compris... Excuse-moi de t'avoir dérangé encore une fois", dit Mia dans un murmure, interprétant mal mon silence.

"Tu peux rester mais je te préviens que cet argent ne suffira que pour trois jours."

"Je te promets que je serai partie d'ici trois jours."

"Ne fais pas de promesse..."

"... que je ne saurai pas tenir. Tu as raison mais je t'assure que je ne laisserai pas de dette après mon passage", conclut-elle à ma place.

Des dettes ? D'un point de vue bassement matériel je me moquais pas mal de ce qu'elle ferait ; ce qui me préoccupait était le vide qu'elle laisserait en moi après son départ. Il me suffisait de voir l'incapacité où j'étais de me l'ôter de la tête ces derniers temps !

C'était comme si elle avait pénétré mon cerveau et son absence me dévorait l'esprit.

Tendant les clés, je me limitai à dire : "Chambre numéro 6. Premier étage. Troisième porte à droite"

"Merci, Lorenzo", dit-elle avec douceur, reconnaissante et les larmes aux yeux.

"Tu me raconteras ce qui t'arrive ?"

"Un jour, peut-être", fut sa seule réponse. Recommençant à pleurer elle courut à l'étage supérieur.

J'aurais voulu la bombarder de questions mais elle était tellement à bout que je ne voulus pas m'acharner. Il était assez difficile de garder mes distances, au lieu de me précipiter vers elle pour l'embrasser et effacer cette souffrance qui se lisait sur son visage.

11

GINEVRA

Le service offert par Lorenzo à ses invités était en tout point complet et irréprochable.

Toutefois j'avais compris qu'il avait demandé à Marielle, la femme de chambre qui m'était assignée, de prendre soin de moi bien au-delà de ses obligations.

Cette femme âgée d'une quarantaine d'années, douce et joufflue, à la chevelure rousse, s'était immédiatement préoccupée de me faire enlever mes habits trempés et de préparer du thé avec des biscuits.

Au début elle m'avait fourni l'uniforme du personnel, pantalon et gilet noirs, chemise blanche, en attendant qu'elle lave et fasse sécher mes vêtements. Mais elle m'apporta en soirée de nouveaux habits qui m'allaient parfaitement.

Timidement j'endossai les pantalons rayés à taille haute et le chemisier rose avec de courtes manches bouffantes.

Cependant mon humeur n'avait pas changé et, quand Marielle offrit de m'apporter le dîner, je refusai catégoriquement, demandant d'être laissée seule jusqu'au lendemain.

Malgré la chambre accueillante grâce aux teintes pastels tirant sur le beige et les murs revêtus de papier à rayures blanches et gris tourterelle, je ne parvenais pas à me détendre.

Pas même le lit aux draps en coton d'Égypte ne m'aida à trouver le sommeil.

Je passai toute la nuit à réfléchir, assise sur l'un des fauteuils disposés autour de la petite table.

Je ne pouvais prendre mon parti de ce qu'avait dit mon père, ni du comportement arrogant et autoritaire de Brian et encore moins de l'annonce de la grossesse de ma sœur, laquelle me tenait désormais à l'écart...

Chaque souvenir était pour moi comme un coup de poignard au cœur.

Je me sentais profondément blessée, dans l'incapacité de réagir, sauf à pleurer.

Il y avait des années que je souffrais de l'attitude de ma famille mais ce qui s'était produit hier était la goutte d'eau qui avait fait déborder le vase.

J'étais à bout, détruite, humiliée...

J'avais supporté pendant des années ma famille dans l'espoir de recevoir leur affection en retour, d'être acceptée malgré mes idées.

Je voulais me sentir aimée. Je ne demandais rien d'autre.

Je pleurai longuement et, quand la nuit tomba, je compris que le moment de se rendre à l'évidence était arrivé : ma famille ne m'aurait jamais donné ce que je souhaitais, ce qui n'était pas une raison pour supporter leur mesquinerie et leur indifférence.

Parvenue à cette conclusion, il ne me restait plus qu'à m'enfuir.

Le moment de prendre ma vie en main était arrivé.

Mais comment faire ?

Comment m'en sortir toute seule et... sans pièce d'identité ?

Je repensai à mes études d'histoire de l'antiquité, lesquelles me semblèrent dénuées de toute valeur et sans intérêt.

Je repensai à mes projets professionnels, sans fondement ni consistance.

Non, il fallait repartir de zéro.

Je veillai une grande partie de la nuit, à la recherche d'une solution qui ne vint pas.

Aux premières lueurs de l'aube, je m'assoupis enfin sur le fauteuil, jusqu'au moment où j'entendis frapper à la porte.

Je me levai lentement, le dos ankylosé, et j'allai ouvrir.

J'étais convaincue qu'il s'agissait de Marielle avec laquelle j'avais eu une dispute la veille à cause de mon jeûne forcé et après avoir refusé de prendre de la nourriture même au dîner.

Au contraire je me retrouvai face à Lorenzo.

Il était habillé en noir, comme toujours, et cela faisait pendant avec son humeur sombre, à peine posa-t-il le regard sur moi.

"Bonjour", exclama-t-il d'un air sévère, me poussant gentiment de côté afin d'entrer dans la chambre.

À grandes enjambées il atteignit la petite table.

Il se cala confortablement dans un fauteuil.

"Il faut qu'on parle", dit-il, me faisant signe de m'asseoir en face de lui.

J'obéis, intimidée par ses gestes expéditifs et nerveux.

"Comment vas-tu ?", demanda-t-il après m'avoir longuement et lentement dévisagée, pendant que je retenais ma respiration.

"Bien", répondis-je faiblement, anxieuse.

"Les vêtements que je t'ai faits parvenir te conviennent-ils ?"

"Oui merci."

"Le lit est-il confortable ?"

"Oui."

"Alors comment se fait-il qu'il n'est pas défait ?", observa-t-il, la mâchoire contractée par l'irritation.

"Je n'ai pas dormi cette nuit."

"Et la nourriture ? Elle ne ne plaît pas non plus ?"

"Je n'ai pas faim. Je veux seulement rester seule."

Après un long silence, Lorenzo me demanda : "As-tu des soucis ?" Je pouvais discerner son impatience dans l'attente de ma réponse.

Oui, j'aurais eu des problèmes si j'étais rentrée à la maison.

Mais en ce moment j'étais dans la maison d'un Orlando.

Oui, j'aurais eu des ennuis s'il découvrait qui j'étais.

Il fallait vraiment que je quitte Rockart City le plus vite possible.

Je répondis simplement : "Rien qui puisse se résoudre aisément."

"As-tu déjà trouvé une solution ?"

"Je creuse la question."

"De quelle façon ?"

En repensant à l'idée de la fuite, je laissai échapper : "Connais-tu quelqu'un qui pourrait me procurer des fausses pièces d'identité ?"

"Non." Le regard glacé de Lorenzo me fit comprendre que j'avais commis un impair en manifestant mes intentions.

"Je plaisantais", essayai-je de m'en tirer in extremis.

"Tu veux fuir tes problèmes ?"

"Et si c'était le cas ?"

"Cela coûte très cher."

"Combien ?"

"Cinquante fois plus ce que tu m'as donné hier, au minimum."

Je pensai à ma carte de crédit. Dommage de ne pas pouvoir m'en servir !

"Je trouverai du travail."

"Qui embaucherait une personne sans papiers d'identité ?"

"Je trouverai bien une solution."

"Voler, par exemple ?"

À cette pensée je grimaçai en repensant à ce que j'avais fait à ma sœur.

Heureusement on frappa à la porte, ce qui me sortit de cette conversation embarrassante.

C'était Marielle avec un chariot chargé de nourriture et de boissons.

Je l'arrêtai : "Je n'ai rien commandé."

"C'est moi. Je n'ai pas fini de bavarder avec toi et je veux que tu te nourrisses", intervint Lorenzo.

À l'instant-même Lorenzo se servit un café noir sans sucre tandis que que Marielle me servait, déposant une tasse de thé avec une tranche de citron devant moi, accompagnée de deux viennoiseries.

Tout était parfait et semblait exquis mais mon estomac était encore noué.

"Mange", ordonna Lorenzo dès que la femme de chambre fut sortie.

Ce ton autoritaire me rappela mon père, ce qui me bloqua davantage.

"Je ne pas faim", murmurai-je avec une certaine appréhension quand je vis qu'il grattait la barbe sur son menton, signe que sa limite de patience était atteinte.

"Dois-je me répéter ?"

Décidée à lui tenir tête, je le provoquai : "Vas-tu encore me menacer avec un pistolet si je n'obéis pas ?" Je n'en pouvais plus d'être soumise à des mâles alpha.

"Non, cependant je peux t'expulser de mon établissement à tout moment", répliqua-t-il, décidé à vaincre la partie qu'il avait commencée.

Trop effrayée à l'idée de revenir à la maison ou de finir Dieu sait où, je pris la tasse de thé dans mes mains et en bus une gorgée.

C'était du thé vert, avec une saveur de citron.

Il était exquis, exactement comme je l'aimais.

"Ça te plaît ?"

Contente, je murmurai : "Oui", prenant dans mes mains la viennoiserie faite de farine intégrale.

Son parfum était invitant et, tout d'un coup, j'eus faim.

Je la mordis à pleines dents.

La pâte feuilletée était fraîche et moëlleuse.

Je savourai la confiture à l'intérieur.

Je fus touchée lorsque je m'aperçus qu'il s'agissait de marmelade aux agrumes avec des petits morceaux de gingembre confit.

"Si je ne m'abuse, tu m'avais décrit ainsi le petit déjeuner que tu aimais", dit gentiment Lorenzo sur un ton plus doux et aimable qu'avant.

J'acquiesçai à peine. Mon cerveau revenait à toutes ces fois où j'avais préparé mon petit déjeuner, seule dans mon coin, parce que personne ne voulait le faire comme je le voulais.

Je repensai à toutes ces fois où j'avais été méprisée, tant et si bien que j'avais été reléguée dans une annexe.

Et là, un inconnu prenait soin de me faire servir un petit déjeuner conforme à mes goûts.

Me voyant pleurer, il s'inquiéta : "Tout va bien, Mia ?"

"Oui, excuse-moi", me hâtai-je de répondre, en essuyant les larmes qui me coulaient des yeux. "Il y a tellement longtemps qu'on s'est occupé de moi pour préparer quelque chose qui me plaise. Ça peut te paraître naïf mais il suffit parfois d'une tasse de thé et d'une viennoiserie pour se sentir aimée et bien accueillie", confessai-je émue, me levant pour prendre un mouchoir en papier afin de m'essuyer le visage.

J'entendis la voix de Lorenzo derrière moi : "Que t'est-il arrivé Maya ?"

J'essayai de dire quelque chose mais les paroles me restèrent dans la gorge.

Je sentis ses mains glisser le long de mes bras et me forcer à me tourner vers lui.

Son visage était à quelques centimètres du mien et je sentais les battements erratiques de mon cœur à chaque fois que mes yeux plongeaient dans les siens.

"Quelqu'un t'a-t-il fait du mal ?", me demanda-t-il avec délicatesse, posant une main sur mon visage pour écarter la frange de mes yeux, tandis qu'avec l'autre il m'attirait vers lui dans une chaleureuse étreinte.

Sentir sa main sur mon visage fut une émotion indescriptible. Je sentais des papillons voleter dans mon ventre, me faisant vibrer avec intensité.

Je secouai la tête.

"Même pas ce garçon qui t'avait agressé l'autre soir ?"

"Non, je ne l'ai plus revu."

"Un autre homme peut-être ?"

"Non il n'y a personne d'autre", répondis-je en chassant de mon esprit les images de mon père et de Brian.

"Alors qu'est-ce qui ne va pas ? À moi tu peux le dire."

"Je vais bien", murmurai-je, incapable de lui dire la vérité en m'écartant de lui. Je ne parvenais plus à soutenir son regard ni son contact.

"M'expliqueras-tu un jour ce qui t'arrive ?"

"Je ne peux pas", répondis-je accablée, les larmes recommençant à dégouliner sur mon visage.

"Je croyais que tu avais besoin de mon aide."

Effrayée à l'idée qu'il puisse finir impliqué dans les sombres histoires de ma famille, je répondis précipitamment : "Ce n'est pas ça". J'aurais fait n'importe quoi pour éviter de rapprocher Lorenzo des Rinaldi.

"Tu changeras d'avis."

"Cela n'arrivera pas", répliquai-je, recevant de sa part un regard noir.

"Tôt ou tard tu devras faire des choix."

"Alors rappelle-toi que toute décision de ta part comprendra des sacrifices et des renoncements", dit-il face à mon mutisme, avant de s'en aller.

12

LORENZO

Je devenais fou à cause de Mia, quelle que fût sa véritable identité.

Tenter de comprendre quelque chose d'elle était pire qu'ouvrir des poupées russes.

Heureusement elle était comme un livre ouvert et je percevais tout de suite lorsqu'elle mentait, bien piètre consolation.

Je voulais tout connaître d'elle et, après l'avoir vue pleurer au cours du petit-déjeuner, je ressentais un besoin impérieux de la protéger et de détruire ce qui la perturbait autant.

"Tu ne serais pas en train de tomber amoureux d'elle par hasard ?", me taquina Jacob après mon coup de colère contre Marielle lorsqu'elle était venue me dire que Mia avait refusé de lui ouvrir la porte en disant qu'elle n'avait pas faim et ne déjeunerait pas.

Ses justifications, sur le fait que la jeune femme n'allait pas bien et qu'elle avait besoin de reformuler sa douleur, n'avaient servi à rien.

Je m'étais précipité au premier étage où j'avais frappé vigoureusement à la porte de Mia.

"Crois-tu que tu vas continuer longtemps comme ça ?"

"Je t'en prie, Lorenzo, j'ai besoin d'un peu de solitude et de repos", m'avait-t-elle supplié en pleurant au travers de la porte qu'elle avait gardée obstinément close.

"Je veux que tu dînes à ma table ce soir. Ose ne pas descendre et je te le ferai regretter", m'écriai-je furieux.

"Vous les hommes n'êtes capables que de menacer les femmes pour obtenir ce qui vous intéresse, n'est-ce pas ? Vous êtes tous les mêmes !"

Cette accusation me frappa avec violence.

Bien sûr que j'étais habitué à recourir à la manière forte, si nécessaire. Je n'avais jamais eu d'état d'âme à ce sujet mais je n'aurais jamais imaginé que je puisse blesser des personnes de mon entourage.

Je fis cuisiner des plats végétariens au dîner, même si j'étais convaincu qu'elle ne se montrerait pas.

Je sentais que mon comportement l'avait blessée et, pour la première fois de ma vie, je me sentis ignoble.

À ma grande surprise Mia descendit et vint s'installer en face de moi.

Personne ne remarqua les cernes sous ses yeux gonflés, ni la pâleur de son visage.

À cette heure l'établissement était quasiment vide étant donné que peu de monde venait dîner. Pour la plupart mes clients venaient s'amuser bien plus tard.

J'entamai la conversation : "Je te prie de m'excuser sur la façon dont je t'ai traitée tout à l'heure. J'ai tellement l'habitude de commander que j'oublie que j'ai des êtres humains en face de moi et non pas des machines."

Sans me regarder elle minimisa la chose : "Ça ne fait rien. J'ai l'habitude."

"Ce n'est pas bien Mia. Tu ne dois pas t'habituer à être maltraitée, insultée ou humiliée", dis-je pour essayer de lui remonter le moral, en posant ma main sur son poignet qui tremblait. Elle était si faible et bouleversée que sa souffrance était palpable.

Enfin son regard d'ange se posa sur moi et resta accroché au mien.

"Merci", murmura-t-elle en souriant.

C'était la première fois que je la voyais sourire. C'était comme si le soleil était entré dans la pièce avec elle, illuminant et réchauffant tout ce qui l'entourait.

Je perçus que le tremblement de son poignet avait cessé et que son corps se détendait ; en même temps elle attaqua un *sandwich* fourré de crème de tofu au *pesto*.

"C'est succulent", s'écria-t-elle de plaisir, provoquant en moi une réaction immédiate. La voir manger de si bon cœur et lécher la sauce verte qui dégoulinait sur son pouce était terriblement excitant.

Je la regardai attentivement, sans noter aucune intention de sa part de me provoquer.

Elle était à ce point accaparée par la nourriture que j'avais faite préparer à son intention qu'elle ne s'aperçut pas qu'elle était à ce point séduisante.

Encore une des raisons pour lesquelles je ne parvenais pas à l'ôter de mon esprit.

En réalité je connaissais une manière de faire très expéditive mais quelque chose me disait que mes rêves se heurteraient bien vite à la réalité. Mia n'avait pas l'air d'être le simple coup d'un soir qu'on oublie dès le lendemain.

Finalement nous bavardâmes longuement.

Elle voulait mieux me connaître et elle-même se laissa aller, me décrivant sa passion pour la nourriture, les arts, l'histoire, les luttes pour les droits civiques...

Lorsqu'elle s'en alla les clients avaient rempli la salle.

Je l'avais priée de rester mais elle était fatiguée et souhaitait se reposer.

Le lendemain matin je dus me lever de bonne heure parce qu'on frappait à ma porte avec insistance.

J'allai ouvrir.

Quand je me trouvai nez à nez avec Mia j'en fus pétrifié : j'avais rêvé d'elle pendant la nuit et la nature de ces rêves était perceptible au renflement de mon caleçon.

"Salut !" s'exclama-t-elle, plus joyeuse que je ne l'avais jamais vue. Toutefois dès que son regard glissa sur ma poitrine et en dessous de la ceinture, je vis le sourire diminuer puis laisser place à une vive rougeur qui empourpra son visage.

Je ris pour cette gêne de jeune adolescente.

"Je... Excuse-moi... voilà... je ne savais pas...", bredouilla-t-elle en se couvrant les yeux pour éviter de me regarder et balançant son corps d'un pied sur l'autre. Elle était si troublée qu'elle ne pouvait plus rester en place.

D'une voix profonde je lui demandai : Que désires-tu Mia ?"

"Eh bien voilà, je voulais...", commença-t-elle à articuler, puis son regard revint vers mon caleçon et elle commença à s'embrouiller.

"Sais-tu vraiment ce que tu veux ? Il suffit de le demander et je te satisferai tout de suite", la taquinai-je, à la fois amusé et excité par son hésitation.

"Je... il vaut mieux que je m'en aille... on en reparle quand tu seras habillé", dit-elle, prenant précipitamment congé.

13

GINEVRA

Lorenzo éclata de rire quand il me vit éplucher des pommes de terre dans les cuisines du restaurant : "Que diable fabriques-tu en cuisine ?"

J'esquissai une explication : "Je donne un coup de main parce que Josh est malade et l'aide-cuisinier se trouve aux urgences où on est en train de lui mettre des points de suture car il s'est entaillé la main en tranchant le jambon", mais dès que mes yeux croisèrent le regard d'ambre de Lorenzo, j'eus un nœud à l'estomac.

La seule pensée de ce que j'avais vu ce matin augmentait ma tension intérieure et je devenais rouge comme une pivoine à l'extérieur.

Je m'étais rendue chez lui pour lui demander l'autorisation de donner un coup de main aux cuisines après que Marielle m'ait annoncé qu'il manquait du personnel à cause de l'absence des aides Josh et David.

Je ne m'attendais pas à me retrouver en face d'un homme nu, aux abdominaux et aux pectoraux si bien découpés qu'ils vous donnaient envie de tracer le dessin de chaque muscle du bout des doigts.

Et puis...

Mon Dieu je l'avais regardé à ce moment... Il était si... gros !

Le tissu élastique des caleçons ne laissait guère de place au doute et j'avais découvert que je voulais plus de détails. Oui, je voulais le toucher, le lécher, le sentir en moi...

Ginevra, ça suffit ! Oublie tout ça et n'y pense plus.

"Tu es une cliente. Tu ne peux pas rester ici", se fâcha Lorenzo.

"Je t'en prie. Demain je m'en vais et je voulais donner un coup de main. Vous avez tous été si gentils avec moi ces derniers temps que je serais heureuse de vous aider."

Il se buta : "Pas question !"

Je le suppliai, lui faisant les yeux doux, le tout accompagné d'un large sourire : "J'envisageais de cuisiner pour toi aujourd'hui. Tu as tant fait pour moi malgré mes... secrets. Permets-moi de te remercier en préparant un menu spécial que j'ai appris ces dernières années. S'il te plaît."

Je ris quand je vis qu'il rougissait.

Irrité, il se rendit : "Ne me le fais pas regretter", et il sortit nerveusement de la cuisine.

Je m'activai pendant toute la matinée sous le regard attentif du chef et portai fièrement à Lorenzo les plats que j'avais préparés dans son appartement à l'heure du déjeuner.

Il fut surpris, notant qu'il n'y avait qu'une seule part :
"Tu ne déjeunes pas avec moi ?"

"Non il faut que je retourne en cuisine. Il y a un dîner d'hommes d'affaires ce soir dans le salon du sous-sol et le chef a besoin d'aide."

"Qui me dit que tu n'es pas en train d'essayer de m'empoisonner ?", dit-il avec suspicion et prenant une fourchette de fleurs de citrouille, de mauves et d'oseilles des bois.

"Moi !", protestai-je, me penchant vers lui pour prendre la bouchée sur sa fourchette.

Je frémis de plaisir à l'instant où les saveurs délicates me caressaient les papilles gustatives. J'étais vraiment douée comme cuisinière !

"Et maintenant, as-tu confiance ?", lui demandai-je devant son silence tandis qu'il fixait ma bouche, comme s'il voulait me dévorer.

"Non", dit-il d'une voix grave. Et prenant une autre bouchée il la porta à mes lèvres.

"Ce plat est pour toi, lui rappelai-je tout en me laissant nourrir, il ne m'est pas destiné."

Quand je vis qu'il prenait une troisième bouchée qu'il dirigeait dans ma direction, je lui empruntai la fourchette.

"C'est à ton tour à présent. Mange", lui intimai-je en souriant de ce petit jeu à la fois étrange et séducteur.

Lorenzo ouvrit la bouche sans me quitter des yeux. Ses pupilles étaient dilatées et je ne comprenais pas si mon geste l'ennuyait ou l'excitait.

J'attendis son avis.

Après avoir avalé il déclara : "Exquis"

Je lui tendis la dernière bouchée et puis passai au plat suivant.

"Assieds-toi", m'intima-t-il en indiquant ses genoux et me prenant la fourchette des mains.

Jamais je ne m'étais assise sur les genoux d'un homme.

J'obtempérai en rougissant.

Nous étions si proches l'un de l'autre que je percevais l'odeur de sa peau ainsi que mon bras gauche plaqué contre sa poitrine.

J'essayai de calmer mon cœur qui battait la chamade.

"Ceux-là sont des spaghettis glacés. J'ai préparé une sauce demi-glace de carottes et pamplemousses rosés, auxquels j'ai ajouté du basilic et des câpres en fin de cuisson", tentai-je d'expliquer avant que Lorenzo me nourrît.

"C'est bon ?" me demanda-t-il.

"Oui… J'ai peut-être un peu forcé sur les câpres", soupirai-je de plaisir mais avec un froncement de sourcils. Lui empruntant la fourchette pour le nourrir à mon tour, je lui demandai : "Et toi, qu'en penses-tu ?"

Ce petit jeu m'amusait mais Lorenzo était étrangement tendu et ceci troublait ma respiration. À chaque fois que je le regardais ou qu'il me parlait, je sentais quelque chose de bizarre : les papillons qui voletaient dans mon ventre lorsque j'étais auprès de lui s'arrêtaient. Mon ventre se contractait et quelque chose de chaud et de langoureux m'enveloppait, palpitant lentement avec une intensité croissante au plus profond de mon corps.

Je n'avais jamais éprouvé rien de tel. J'en étais à la fois excitée et effrayée.

C'était comme si une partie de moi-même était en attente d'une satisfaction ou d'une secousse suffisamment forte pour me réveiller de l'état de transe dans lequel je vivais.

Me tirant de ma rêverie, Lorenzo dit : "Je déteste les câpres."

Je m'agitai, fâchée contre moi-même de ne pas m'être informée de ses goûts au préalable : "Je ne savais pas, excuse-moi."

J'écartai l'assiette et pris le plat suivant.

"Croquettes d'amarante au potiron et tomates séchées. Je les adore ! Je les prépare souvent", dis-je, satisfaite de mon menu. Je saisis une boulette que j'écrasai entre les doigts selon mon habitude.

Je la portai à sa bouche.

Lorenzo en croqua un morceau et quelques graines d'amarante glissèrent du coin de sa bouche dans les poils naissants de sa barbe.

"Oh désolée." sans y penser je les nettoyai avec la main.

Quand je sentis les poils rêches et durs sous mes doigts, je fus submergée par cette chaleur qui me dévorait à feu vif depuis que j'avais pris position sur ses genoux.

J'aurais volontiers laissé mes doigts glisser sur toute sa joue mais je sentais que je m'aventurais en terrain miné ;

ce que j'étais en train de faire était à la limite du permissible.

Cependant je m'immobilisai, la main sur son visage et mes yeux plongés dans les siens.

Je ne sus pas réagir, même lorsque son bras entoura mes hanches et qu'il m'attira plus étroitement à lui.

Il mit sa main sur mon visage et l'approcha du sien.

Nous étions si proches l'un de l'autre que ma respiration saccadée se confondait avec la sienne, profonde et chaude.

Les extrémités de nos nez se frôlèrent et je me noyai dans ces sensations merveilleuses et uniques.

Je fermai les yeux, incapable de soutenir son regard enflammé qui me remuait le tréfonds de l'âme.

Ses lèvres effleurèrent les miennes puis s'éloignèrent, avant de se rapprocher avec délicatesse.

C'était un jeu cruel et pervers de sa part, destiné à me faire perdre la tête.

Et il y parvenait.

Je sursautai quand le contact s'intensifia à l'improviste : sa bouche prit puissamment et avidement possession de la mienne.

Mon Dieu, nous étions en train de nous embrasser !

Je me laissai guider par ses gestes.

Entraînée dans un océan de passions, je haletai : "Lorenzo."

"Mia", me répondit-il reprenant possession de ma bouche. Entendre ce nom me réveilla subitement.

Pendant un court instant j'avais oublié qui j'étais.

J'étais Ginevra Rinaldi.

Je mentais.

Je m'étais rapprochée de Lorenzo par la ruse afin de ne pas être une nouvelle victime de la guerre entre nos familles.

Mais jamais je n'aurais dû arriver au point de l'embrasser.

Est-ce que je devenais folle ?

Quand un Orlando et un Rinaldi se rencontrent, cela se termine toujours de la même façon : par la mort de l'un des deux.

Mon père me l'avait répété maintes et maintes fois et je savais qu'il avait raison.

Ce que je faisais me mettait autant en danger que Lorenzo.

Lorenzo...

Le seul homme qui me fît sentir unique et qui ait su éveiller en moi des désirs que je ne pouvais pas même pas imaginer.

"Ce petit jeu est terminé ?" demanda froidement Lorenzo quand il nota mon changement d'humeur.

"Ce n'était pas un jeu... Je... Je ne savais pas que cela se terminerait ainsi... Je venais simplement te faire déguster ma cuisine."

Il rit amèrement : "Tu ne t'en étais pas rendue compte ?! Que croyais-tu qu'il allait arriver ? Tu es assise sur mes genoux et nous donnons la becquée à tour de rôle. Tu n'as fait que me provoquer depuis que tu as franchi la porte de mon appartement."

"Qu'est-ce que tu vas imaginer !" m'écriai-je choquée. Je me levai et m'éloignai de lui. Je n'avais jamais cherché à le séduire. Je n'aurais même pas su comment m'y prendre !

"Je ne suis pas stupide. Si tu cherches à tirer ton coup..."

"Tu as mal compris ! Je t'assure que ce n'était pas dans mes intentions !"

"Vraiment ? Alors pourquoi m'as-tu embrassé ?"

"Je me suis trompée mais je t'assure que cela ne se reproduira plus."

"Il faudrait que tu perdes cette sale habitude de faire des promesses que tu ne peux pas tenir."

"Je m'en vais demain et tu ne me reverras plus", lui rappelai-je, la gorge nouée.

'Tu peux rester si tu veux."

"Je ne peux pas", murmurai-je dans un souffle. La conscience de ce fait me tuait.

"Je n'ai pas demandé si tu peux mais plutôt si tu veux."

Je ris pour éviter de pleurer.

Qui ne resterait dans le lieu où elle avait trouvé un rayon de bonheur au cours de la période la plus sombre de son existence ?

Je me limitai à dire : "J'espère que le gâteau en pâte brisée te plaira", avant de quitter la pièce.

"Fuir ne sert à rien."

À peine sortie de son appartement je me précipitai dans ma chambre.

Je m'enfermai à l'intérieur où j'éclatai en sanglots.

Mon conte de fées touchait à son terme et je n'avais pas encore trouvé quoi faire.

Et comme si cela ne suffisait pas, je pressentais que je devrais dire adieu à Lorenzo et, pour la première fois depuis que je séjournais ici, je me sentis mourir intérieurement.

Je voulais rester auprès de lui, respirer son odeur, toucher sa peau et... l'embrasser !

Oui, je voulais l'embrasser encore et toujours, jusqu'à me griser totalement de lui.

14

LORENZO

Toutes mes pensées étaient tournées vers Mia.

Sans que je puisse m'en faire une raison.

J'étais fou d'elle. Mais sa duplicité me troublait par-dessus tout.

Je savais qu'une partie d'elle-même était heureuse ici. Mais il suffisait d'un rien pour qu'elle bascule et que, subitement, resurgisse l'autre Mia, méfiante, apeurée, évasive.

J'avais du mal à comprendre ce qui s'était passé pendant le déjeuner.

Une chose était sûre : J'étais en rut comme un cerf tandis qu'elle était assise sur mes genoux et que nous nous donnions à manger à tour de rôle.

Elle dégageait une sensualité naturelle dans ce qu'elle faisait et disait, sans qu'elle-même s'en rendît compte.

Je n'avais jamais perçu dans son regard malice ni provocation.

Pas même lorsqu'elle gémissait de plaisir à chaque bouchée.

Ingénue et inexpérimentée.

C'était ce que je pensais d'elle, notant combien elle avait été désinvolte pendant le repas ; puis un baiser avait suffi pour lui faire perdre contenance.

Ce fut son attitude qui réfréna mon envie de la prendre directement sur la table et de me la taper à l'instant.

Je m'étais précipité sous une douche froide pour éteindre cet incendie qui embrasait mon corps et calmer cette érection que je ne parvenais plus à maîtriser.

Dans l'après-midi j'essayais de vérifier les comptes du *Bridge* lorsque Marielle se précipita haletante dans mon bureau.

"Mademoiselle Mia s'est évanouie !", m'avertit-elle, agitée et préoccupée.

"Mince ! Où est-elle en ce moment ? Que diable lui est-il arrivé ?", râlai-je furieux.

Pendant que je me précipitais vers les cuisines, Marielle m'expliqua : "Elle nous donnait un coup de main aux cuisines. Le chef a ouvert un lapin pour le vider. Mademoiselle Mia était à côté de lui et lorsqu'elle a vu l'animal ouvert, elle s'est évanouie. Heureusement, je m'en suis aperçue à temps et je l'ai rattrapée avant qu'elle ne tombe. Le chef l'aide actuellement à récupérer. Randy l'a auscultée et a expliqué qu'elle a eu une simple chute de tension pour le choc."

Quand j'arrivai sur place je trouvai Mia assise sur une chaise, pâle comme un linge, en train de boire du cognac sous la supervision du chef qui soutenait mordicus que sa mère en donnait toujours à son frère qui était faible de tension.

Préoccupé, me penchant vers elle, je pris son visage entre mes mains : "Mia, comment vas-tu ?"

"Ton chef est un assassin", bredouilla-t-elle, la voix empâtée et les joues rouges.

Je compris et lançai un coup d'œil meurtrier au chef pour lui avoir fait consommer de l'alcool. "Tu es ivre. Je te reconduis dans ta chambre. Tu dois te reposer et je t'interdis de remettre les pieds ici. Après ce qui vient d'arriver, je ne céderai plus à tes caprices et je me moque pas mal que tu m'accuses d'être tyrannique envers les femmes", décidai-je, catégorique, la prenant dans mes bras car elle ne tenait plus très bien sur ses jambes encore flasques.

Mia tenta de se justifier : "Je te jure que je n'ai jamais donné autant de souci à une autre personne qu'à toi", passant le bras autour de mon cou et posant sa tête sur mon épaule.

"J'ai du mal à te croire."

"Peut-être est-ce toi qui me porte la poisse."

"Merci", répliquai-je un peu amer, grimpant les marches deux à deux vers l'étage supérieur.

"Et pourtant tu me plais", me chuchota-t-elle à l'oreille, faisant glisser l'extrémité de son nez sur ma joue. "Oui, tu me plais vraiment beaucoup" murmura-t-elle comme si elle était hypnotisée, tout en commençant à me donner de légers baisers sur le cou et la joue.

"Si tu continues, je considérerai que c'est une invitation à te faire l'amour", l'avisai-je, ressentant l'excitation poindre en moi de nouveau.

"Je te touche seulement."

"Tu me provoques. Je t'ai déjà dit d'arrêter si tu ne veux pas en subir les conséquences."

"Qu'est-ce qui te fait dire que je te provoque ?"

"Je connais bien les femmes."

"Je n'en doutais pas. Qui sait combien de femmes tu t'es déjà tapées ?"

Je me rendis, m'efforçant de chasser de mon esprit l'image de nos corps nus enlacés dans un lit : "Suffisamment pour savoir que tu es trop ivre pour comprendre ce que tu fais". Je me hasardai à lui demander, avant de le regretter l'instant d'après : "Et de ton côté ? Combien d'hommes as-tu fréquentés ?"

"Aucun. On m'a appris qu'il faut attendre le mariage pour certaines choses."

"Quelle mentalité rétrograde !"

"Rétrograde et sexiste ! Si mon père me voyait dans tes bras en ce moment, il me tuerait."

"Et pourquoi donc ? Je ne fais que te reconduire dans ta chambre."

"Parce que tu es un Orlando", clarifia-t-elle, recommençant à m'embrasser et humer l'odeur de ma peau. "Tu sens bon."

Profitant de l'occasion pour lui extorquer des informations, je lui demandai : "Ton père n'est pas un admirateur de ma famille, hein ?". Je n'étais jamais parvenu à obtenir quoi que ce soit de sa part à chaque fois que nous nous étions parlés, mais à présent...

"Non, il vous hait. Il dit que ta famille a pris quelque chose qui lui appartenait."

"Ça ne m'étonne guère", répondis-je, pensif. Les Orlando étaient réputés pour s'emparer de ce qui ne leur appartenait pas, pourvu qu'ils puissent accroître leur pouvoir. C'était une des raisons pour lesquelles j'avais commencé à prendre mes distances de cet univers de corruption, de menaces et de détournement de fonds.

"C'est pour cette raison qu'il ne doit pas savoir..."

Je voulus comprendre : "Savoir quoi ?" Mais à peine me tournai-je vers elle que Mia prit mon visage entre ses mains et commença à m'embrasser avec fougue. Je sentis qu'elle s'ouvrait et s'abandonnait à mon intrusion quand nos langues s'entre-mêlèrent.

"Jure que tu ne le diras jamais à personne", me pria-t-elle lorsque nous nous séparâmes.

"Je ne fais jamais de promesse que je ne suis pas sûr de tenir", lui répondis-je, la déposant à terre et m'emparant à nouveau de sa bouche.

Elle me repoussa après un long baiser : "Je ne peux pas", tandis que mes mains s'affairaient sur ce corps qui ne semblait exister que pour être vénéré et caressé.

Je m'efforçai de la fléchir : "Je sais que tu me veux", remarquant que les effets de l'alcool étaient en train de se dissiper.

"Oui j'ai envie de toi. Trop pour savoir que tout ceci entraînera des conséquences désastreuses pour nous deux. Je m'en irai demain et il est vital que je t'oublie vite et tu as intérêt à en faire autant."

"Donne-moi un motif valable pour que tu t'en ailles. Tu sais parfaitement ce qui t'attend à l'extérieur", lui rappelai-je, repensant à tous ses secrets et aux problèmes qui l'avaient conduite à se réfugier au *Bridge*.

"Oui je sais et ça me fait peur. Mais demeurer ici signifie tomber amoureuse de toi et ce sera mille fois pire que ce que je devrais affronter en retournant à la maison."

Je la regardai intensément dans les yeux. Elle venait de dire qu'elle commençait à tomber amoureuse de moi alors qu'en même temps, elle se refusait à moi.

Mia, que cherches-tu à me cacher ?

Je changeai de tactique : "D'accord. As-tu décidé comment te procurer des faux papiers ?"

"Non et c'est une dépense que je ne peux pas me permettre."

"Je connais un type dont l'occupation est de créer de nouvelles identités", lui révélai-je.

Mia sursauta. Je pus voir une lueur d'espérance briller au fond de ses yeux.

"Travaille encore un mois comme serveuse ici et je te donnerai l'argent dont tu as besoin", lui offris-je.

"Vraiment ?"

Non, c'est une façon de te garder auprès de moi parce que je ne suis pas disposé à te perdre. Pas encore.

"Oui", répondis-je sèchement.

Enthousiasmée à cette idée, elle m'embrassa, radieuse : "D'accord. Je ferai tout ce que tu voudras !" C'était la première fois que le soulagement se lisait sur son visage.

15

GINEVRA

Je travaillais pour la première fois de ma vie.

Il ne s'agissait pas du travail dont je rêvais, certes, mais il me détendait et me donnait une sensation agréable : je me sentais utile et on était reconnaissant pour mon zèle.

Le matin j'aidais Marielle à refaire les chambres. Je repassais pendant qu'elle faisait le ménage.

L'après-midi au contraire, je sortais souvent faire une petite promenade seule ou accompagnée par Marielle qui m'avait prise sous sa protection.

Initialement je craignais d'être reconnue. Mais après quelques jours je me rendis compte que personne ne faisait attention à moi. Et pour cause : je ne m'étais jamais approchée des quartiers ouest de la ville.

En outre Lorenzo avait ordonné qu'on m'achète de nouveaux vêtements étant donné que je devais demeurer encore un mois dans l'établissement.

Marielle m'aida et ne fit pas d'objection quand je lui montrai des vêtements simples, sobres et bon marché.

À l'inverse, le soir je servais en salle pendant deux heures environ, avant de décrocher et d'aller me coucher car je devais me lever de bonne heure le lendemain.

J'avais tenté de m'approcher des cuisines mais le chef m'en avait rigoureusement interdit l'accès.

Il s'était fait sérieusement remonter les bretelles par Lorenzo et, par conséquent, ne voulait plus me voir.

Il était le seul à me détester. Mes autres collègues m'adoraient et je me sentais avec eux comme en famille.

Tout suivait paisiblement son cours et, afin de maintenir la quiétude qui m'enveloppait, je décidai de garder mes distances d'avec Lorenzo.

Je ne parvenais pas à me rendre compte de ce que j'avais dit et fait sous l'emprise du cognac après mon évanouissement.

J'avais été à un doigt de tout révéler à Lorenzo.

Je lui avais également dit que j'avais peur de tomber amoureuse de lui.

Malheureusement je l'étais déjà !

Il me suffisait de voir son ombre ou sentir son regard d'ambre posé sur moi pour que mon cœur se mette à battre à cent à l'heure.

Enfin j'étais devenue accro à son parfum. J'en étais arrivée au point de le rechercher dans une parfumerie du centre commercial.

J'avais passé une après-midi entière à chercher la même fragrance, sans y parvenir toutefois, et la vendeuse m'avait expliqué qu'un parfum tendait à s'unir avec l'odeur de la peau de la personne et à prendre une odeur unique et introuvable ailleurs.

16

LORENZO

Dire que Mia m'évitait était un euphémisme.

Cependant j'étais satisfait car j'avais obtenu ce que je voulais : elle était restée ici.

À la seule pensée de ne plus la revoir j'en aurais perdu le sommeil.

Maintenant j'avais un mois pour lui faire changer d'avis et découvrir ceux qu'elle fuyait.

J'étais sûr d'obtenir tôt ou tard des réponses à mes questions.

De la façon dont elle réagissait à ma présence, je compris que je ne lui étais pas indifférent et qu'elle aussi percevait quelque chose de trouble qui palpitait, resté en suspens entre nous deux.

Une envie qui recherchait sa satisfaction.

J'étais assis à ma place habituelle, en train de siroter mon *Manhattan*, lorsque je vis Sebastian s'approcher nerveusement de moi.

"Lorenzo, l'amie de Mia est dehors. Elle est assez remontée et demande à entrer. Elle dit que c'est une question de vie ou de mort. Elle veut uniquement parler à Mia pendant une minute. Est-ce que je la laisse entrer ?"

"Oui, conduis-la au dernier salon particulier."

"Celui qui est fermé en vue des travaux d'insonorisation ?"

"Tout à fait. Je veux écouter ce qu'elles ont à se dire", décidai-je.

L'instant d'après Sebastian introduisit Chelsea qu'il installa dans le salon particulier.

Je fis comme je ne l'avais pas vue mais le bleu auréolé de rouge au coin de sa bouche, ne m'avait pas échappé : elle avait été frappée.

J'attendis que Sebastian allât quérir Mia avant de m'approcher du salon à la dérobée.

"Maya ! Que diable viens-tu faire ici ?"

Maya... C'était donc le véritable nom de Chelsea.

"Cela fait des jours que je suis à ta recherche ! Ta famille est dans tous ses états suite à ta fugue. Nul n'a la moindre idée de l'endroit où tu trouves. Mon père est convaincu que je suis impliquée dans ta disparition."

"Est-ce lui qui t'a frappée ?"

"Il est furieux. Mais ton père..."

"Sait-il où je me trouve ?"

"Non, personne n'en sait rien ! Mais j'ai tout compris lorsque ma mère m'a dit que tu t'étais faite conduire au *Pub Hero* dont tu n'étais pas ressortie. Seth a été interrogé et il a dit que tu avais demandé à être conduite à la gare routière. Il a menti, pas vrai ?"

"Oui, je l'ai payé en lui demandant de ne pas révéler le lieu où je me trouvais."

"Moi-même j'étais désespérée mais quand j'ai compris que tu étais passé par Seth, je me suis souvenue de la seule fois où tu l'as rencontré et j'en ai déduit que tu étais ici. D'ailleurs, avant ta disparition, tu m'avais souvent parlé du *Bridge*. Je serais venue bien plus tôt mais je suis suivie à vue ; en prétextant une conférence je me suis faite conduire à l'université, dont je me suis éclipsée par une sortie dérobée. Je suis venue ici aussi rapidement que j'ai pu mais je dois y retourner le plus tôt possible."

"Tu n'aurais pas dû. C'est dangereux."

"Je sais, mais je ne pouvais pas t'abandonner. De plus j'étais terrorisée à la pensée que Lorenzo te fasse du mal."

À mon soulagement, Mia prit ma défense : "Lorenzo ne me ferait jamais de mal."

"S'il te plaît, ne prends pas sa défense devant moi."

"Je ne comprends pas pourquoi tu lui en veux autant. Il ne m'a rien fait de mal et m'a toujours aidée et protégée."

"Dois-je te rappeler l'arme qu'il a sortie la dernière fois que vous vous êtes vus ?"

"Lorenzo est méfiant mais il n'est pas dangereux."

"Merde, tu persistes à le défendre ! Tu ne serais pas tombée amoureuse de lui par hasard ?"

"Non, ce n'est pas ce que tu crois !"

"Ne me raconte pas d'histoires ! Je suis ton amie depuis que tu avais six ans et je te connais mieux que quiconque !"

"Soit, peut-être qu'il me plaît", se rendit Mia, me comblant de bonheur.

"Il faut l'oublier ! Maintenant viens avec moi et jure-moi que tu ne remettras plus jamais les pieds dans cet endroit !"

"Non, je ne veux pas."

"Je ne te demande pas ton avis. C'est un ordre !" s'écria Maya, furieuse. Ceci me donna l'envie de briser quelque chose et de pénétrer dans le salon pour l'arrêter.

"Lorenzo m'obtiendra des nouveaux papiers d'identité. Maya. Je veux refaire ma vie, je veux être heureuse."

"Es-tu devenue folle ?"

"Je t'en prie, essaie de me comprendre."

"Tu sais mieux que moi qu'une nouvelle identité ne suffira pas pour garder ton père à distance et... ton fiancé."

Fiancé ?!

À l'instant-même les flammes de la jalousie m'enveloppèrent.

"Tu es au courant, n'est-ce pas ?"

"Tout le monde le sait."

"Je le déteste... Je ne pourrai jamais vivre avec lui."

"Je le sais et je te promets que je t'aiderai à sortir de cette situation délicate ; mais maintenant suis-moi et partons d'ici", la supplia Maya.

"Non, je reste... Je veux demeurer ici."

"Pourquoi ?"

“Pour lui.”

“Lorenzo Orlando ?”

“Oui. Auprès de lui je me sens revivre.”

“Mon Dieu ! Ne me dis pas que tu as couché avec lui.”

“Non, cependant...”

“Tu as perdu la raison ! Le simple fait que quelqu’un comme lui puisse te toucher devrait te faire horreur !”

“Ne parle pas ainsi de Lorenzo ! Ne vas pas crier sur les toits que je me trouve ici et que...”

“Que tu te tapes un Orlando ?”

“Nous nous sommes seulement embrassés.”

“C’est pas vrai ! Mais est-ce que tu chercherais à abréger ton existence par hasard ?”

“Je veux rester auprès de lui... auprès de Lorenzo je me sens bien. Il est la première personne qui ait fait preuve de gentillesse et m’ait témoigné du respect malgré tout. C’est une personne merveilleuse et je...”

“Pas un mot de plus ! Je te laisse trois jours pour te décider à revenir à la maison. Dans trois jours je reviendrai et tu m’accompagneras, compris ?”

“Ok”, murmura Mia, mortifiée.

“D’ici là, je te prie de rester au large de Lorenzo Orlando. Gare à toi si tu t’approches de lui ou si tu l’embrasses de nouveau.”

“D’accord”, dit Mia dans un souffle.

“Tu sais que je t’aime bien et que je le dis pour ton bonheur, n’est-ce pas ?”

“Oui.”

"Parfait. Alors on se revoit dans quelques jours. Il me faut retourner à l'université avant d'éveiller les soupçons de mon père. S'ils pénètrent dans le bâtiment de la faculté et découvrent qu'il n'y a pas de conférence, je suis morte."

"Prends soin de toi, d'accord ?"

"Oui."

Sans écouter le reste, j'appelai Sebastian au téléphone et lui demandai de suivre Maya.

Puis j'attendis quelques instants avant de me rendre dans le salon.

Je frappai à la porte et attendis qu'on m'invite.

"Entrez."

J'entrai. Mia avait l'air préoccupée mais, dès qu'elle me vit, elle esquissa un sourire.

"Tout va bien ? On vient de m'avertir que ton amie était venue te chercher."

Elle me mentit effrontément : "Oui, elle est simplement passée pour me saluer."

"Sebastian m'a fait comprendre qu'il s'agissait d'une question de vie ou de mort."

"Chelsea exagère toujours", tenta-t-elle de minimiser en se dirigeant vers la porte. "Il faut que je retourne au travail."

Chelsea...

Maintenant je savais qu'elle s'appelait Maya. Mais je n'étais pas encore parvenu à découvrir la véritable identité de Mia.

La saisissant par le bras, je la bloquai : "Je veux connaître la raison pour laquelle elle est venue ici."

“Ce n’était qu’une visite de politesse comme je viens de te le dire.”

“Je commence à en avoir assez de tes mensonges et je suis en train de perdre patience”, m’écriai-je, furieux.

“Elle veut que je rentre à la maison”, confessa-t-elle.

“Pourquoi ? Quelqu’un est à ta recherche ?”

“Oui.”

“Qui donc ?”

“C’est sans importance.”

Je grondai sourdement : “Mia…”, en m’efforçant de me maîtriser. Quelque chose me disait qu’il y avait un homme amoureux d’elle, un homme auquel elle avait juré un amour éternel avant de disparaître.

“Je ne te mens pas !”

“Es-tu certaine qu’il n’y a pas un homme en train de t’attendre à la maison ?”, demandai-je, la serrant davantage pour lui faire peur. Je ne l’aurais jamais pardonnée si je découvrais qu’elle se jouait de moi.

“Tout à fait sûre !”

“Mia, si je découvre que tu te moques de moi, je…”

“Lorenzo ! Un jour je te dirai la vérité, mais pas maintenant. Tout ce que peux te dire c’est que Chelsea veut me ramener à la maison parce que tu ne lui plais pas et que tu ne lui inspires pas confiance.”

Ses paroles me calmèrent. Sa volonté d’être sincère, sans toutefois tout révéler, était clairement perceptible.

“Et toi ? Me fais-tu confiance ?”

“Autant que toi à mon égard. Toutefois tu es la seule personne qui illumine mes journées”, dit-elle en esquissant un sourire. Cette déclaration aurait dû me remplir de joie mais je demeurai interdit par l'expression triste et mélancolique qui se lisait dans son regard. Et quand elle se libéra de mon étreinte je ne fis rien pour l'arrêter.

Demeuré seul dans le salon, j'écrivis un message à Jacob : "Dans trois jours l'amie de Mia reviendra. Ne la laissez pas entrer. L".

17

GINEVRA

Le lendemain j'étais encore perturbée par la visite-surprise de Maya.

Elle m'avait placée devant un ultimatum et je savais que, dans deux jours, elle serait venue me récupérer, quoi qu'il arrive.

Maya était ainsi faite : lorsqu'elle se mettait quelque chose en tête, il n'y avait pas moyen de lui faire changer d'idée.

Le problème était que je ne voulais absolument pas partir.

J'étais devenue un membre de la famille du *Bridge*.

Marielle était la mère que j'aurais toujours voulu avoir. Elle me complimentait souvent, goûtait tout ce que je cuisinais et me donnait un coup de main au travail lorsque j'étais épuisée.

Seul Lorenzo s'était éloigné de moi depuis notre conversation dans le salon particulier.

Il était toujours pensif et distrait, presque impatient, comme si lui aussi attendait le retour de Maya.

Ce soir l'établissement était plein à craquer et je donnai un coup de main fort tard dans la nuit.

Je servis aux tables des boissons et des cocktails de tous les genres, accompagnés de plats raffinés ou de simples amuse-gueules.

Vers minuit j'étais morte de fatigue, m'étant levée aux aurores pour donner un coup de main à la préparation des petits déjeuners

"Lorenzo a demandé qu'on lui serve un *Manhattan* ainsi que des whiskies pour ses invités, et puis que tu termines ton service", m'avisa Frank, le barman, qui me tendit un plateau avec quatre verres.

"Ok", répondis-je en prenant la commande. Lorenzo avait essayé de me parler pendant toute la journée mais j'avais toujours inventé une excuse pour lui échapper.

Visiblement il ne s'avouait pas encore vaincu.

En soupirant je me dirigeai vers sa table.

Je m'apprêtais à grimper les quelques marches pour parvenir à lui quand je reconnus une voix familière.

"Edoardo me fait confiance et sa fille a hâte de m'épouser. C'est comme si c'était fait !"

Brian Esposito !

Le plateau faillit me glisser des mains au moment où je m'aperçus que l'homme qui parlait avec Lorenzo et les autres présents autour de la table était celui que mon père voulait que j'épouse.

Par chance il me tournait le dos et ne me vit pas arriver ; mais il aurait suffi d'un pas dans sa direction pour qu'il me croise.

Rapidement mes yeux glissèrent vers les autres invités et je vis le regard de Lorenzo fixé sur moi.

Je sursautai de peur en voyant ses yeux à demi fermés et sa mâchoire serrée.

Brian lui avait-il dit qui j'étais en réalité ? Et s'il avait tout découvert et voulait se venger à présent ?

Mon cerveau était comme tétanisé et je ne parvenais plus à conserver ma lucidité.

M'éloigner le plus vite possible de Brian et de Lorenzo était la seule issue possible.

Je fus saisie de panique et d'incrédulité, du fait que l'un des hommes de mon père se trouvait dans les quartiers ouest de la ville ; je fis marche arrière et retournai vers le zinc en courant.

Je balançai le plateau et demandait à Frank d'appeler une autre serveuse, avant de me précipiter vers les cuisines.

"Tu sais que je ne veux pas de toi ici !", s'écria le chef dès qu'il me vit.

Encore trop agitée pour réfléchir, je fonçai vers la porte arrière et sortis dans la ruelle qui longeait le côté nord de l'établissement.

Je regardai autour de moi.

J'avais du mal à respirer, mon cœur battait à cent à l'heure j'avais les jambes qui flageolaient.

Je m'appuyai contre un mur en m'efforçant de retrouver mon calme.

Que diable Brian Esposito est-il venu faire ici ?

Il était interdit et dangereux pour un membre du clan Rinaldi de se rendre à l'ouest de la ville.

Se pouvait-il qu'il ne le connaissent pas ?

Ceci expliquerait le fait qu'il était encore en vie, pas encore descendu par les Orlando.

Des pensées contradictoires s'entrechoquaient dans mon esprit, incapables de discerner une logique dans les événements.

La voix de Lorenzo me fit sursauter : "Mia !"

Oh non ! Il m'a suivie !

"Ça va ?", s'enquit-il, se rapprochant et se plaçant face à moi, si près que j'eus le dos collé au mur.

"Oui."

"Que fais-tu ici ?"

"Je suis sortie prendre l'air. Je suis fatiguée et je pensais décrocher du service. Il faut que je me lève tôt demain matin pour aider Marielle."

Même si le ton de sa voix était ferme et tranquille, sa mâchoire serrée ne m'avait pas échappé. Quand je vis qu'il se grattait la barbe, je compris qu'il était vraiment furieux et qu'il allait bientôt sortir de ses gonds.

"Je te laisse deux possibilités : la première est de me dire la vérité ; la seconde est de te sauver et en espérant ne jamais retomber entre mes mains." Il le dit sur un ton si péremptoire que je compris qu'il ne plaisantait pas.

Je choisis de lui demander : "Que désires-tu savoir ?", car seul un idiot pouvait espérer fuir et s'en tirer.

"Connais-tu Brian Esposito ?"

A nouveau, je mentis, trop effrayée pour dire la vérité :
"Non."

À l'instant-même Je vis Lorenzo décocher un coup de
poing dans le mur à quelques centimètres de ma tête.

"J'espère que tu sais courir vite. Je serais déçu que mes
hommes te retrouvent déjà cette nuit", me menaça-t-il
en s'éloignant.

Je tentai de l'arrêter : "Non attends." Il me fallait trouver une excuse plausible. Je repensai à Brian et à tout ce
que je savais de lui, comme son voyage à New York
deux mois auparavant.

"Je connais Brian Esposito", admis-je avant que Lorenzo retourne à l'intérieur. "Il y a deux mois il était à
New York pour affaires. Nous nous sommes croisés au
Plaza Hotel. Il était client de l'hôtel tandis que je devais
dîner avec une de mes amies, qui en définitive me posa
un lapin. Nous nous sommes retrouvés au bar, attendant nos amis respectifs. Nous avons bavardé et puis il
est parti", inventai-je.

"Depuis, ne vous êtes-vous jamais revus ?", demanda-t-il de façon si insistante que je pris peur. Ses
yeux ambrés s'étaient obscurcis ; il n'attendait qu'un
faux-pas de ma part pour me réduire en miettes.

"Une fois ou deux." En réalité j'avais souvent rencontré Brian mais nous n'avions que rarement bavardé ensemble. Cela se terminait à chaque fois par un de ses discours à dormir debout et je me débarrassais méchamment de lui parce que je le trouvais ennuyeux et exaspé-
rant.

"As-tu couché avec lui ?"

Je repensai à la dernière fois où je l'avais vu.

Pendant un bref instant je sentis ses mains sur moi. Cela m'avait dégoûtée.

"Non."

"Ne mens pas !" me lança Lorenzo à la figure, furieux.

Je m'agitai, mal à l'aise : "Je ne te mens pas ! Il a essayé mais moi... Brian me dégoûte !". La seule idée de devoir l'épouser m'écœurait.

"T'a-t-il fait du mal ?"

"Non."

"T'a-t-il harcelée ?"

Je ne sus que répondre : pouvait-on parler de harcèlement quand l'homme en question était convaincu de poser les mains sur sa fiancée ?

Mon silence l'irrita : "Réponds-moi, merde !"

"Il... Il a essayé de m'embrasser et de me toucher mais j'ai pu me libérer. C'était la dernière fois où nous nous sommes vus. Je te le jure. Il faut me croire !"

"Je ne sais plus que croire, Mia", soupira-t-il, épuisé par mes mensonges.

"Je t'en prie, ne vas pas lui dire que je travaille ici. Je ne tiens pas à ce qu'il me voie et reprenne le fil de son histoire avec moi", hasardai-je d'une voix suppliante.

"Ne t'inquiète pas. Il va se marier et actuellement il ne peut pas se permettre de faire quelque chose d'irréfléchi avec une serveuse, et courir le risque de flanquer en l'air le mariage de l'année."

"Avec qui va-t-il se marier ?", hasardai-je. J'avais refusé, mais peut-être que mon père et Brian s'en fichaient.

"Avec Ginevra Rinaldi, la fille du boss Edoardo Rinaldi."

"Je croyais que les Rinaldi et les Orlando ne se parlaient pas."

"C'est exact. Toutefois Esposito a interféré avec les affaires de mon père et il s'est placé dans une situation assez inconfortable. Maintenant il doit payer sa dette."

"Et quel rapport cela a-t-il avec le mariage de Ginevra Rinaldi ?"

"Pour régler cette dette, Brian doit épouser la fille afin d'entrer au conseil d'administration de l'empire du père ; ensuite il cédera ses parts aux Orlando."

"De cette façon les Orlando démantèleront le pouvoir des Rinaldi dans les quartiers est de Rockart City.

"Exact."

"Ça me surprend qu'un type comme Edoardo Rinaldi ne s'en soit pas rendu compte."

"Esposito l'a approché en offrant de céder cinquante pour cent de sa part des trafics maritimes qui sont presque intégralement gérés par les Orlando. Edoardo a toujours désiré avoir sa part du port étant donné que, dans les quartiers est, le terrain rocheux et la côté découpée n'ont jamais permis aux Rinaldi d'avoir un débouché maritime."

"Je ne comprends pas."

"Cet accord n'est qu'un cheval de Troie pour lier les Rinaldi aux Esposito grâce à ce mariage. En réalité, derrière cette fusion se trouve ma famille qui réussira finalement à s'étendre sur l'autre rive du fleuve et à se jouer

des Rinaldi, étant donné que la part des Esposito est gé-
rée par les Orlando, bien que de façon occulte. »

« Tu es en train de me dire que Esposito possède une
part sur laquelle il n'a aucun pouvoir ? »

« Exact. Il l'a perdue à partir du moment où il a commencé à importer les mêmes marchandises de contrebande que mon père, faisant concurrence à ma famille.
Disons simplement que Esposito a beaucoup à se faire
pardonner et qu'une vie ne lui suffira pas pour rem-
bourser sa dette vis-à-vis des Orlando. »

Je me fâchai : « C'est injuste qu'une jeune fille innocente, qui a la malchance de porter le nom des Rinaldi,
en fasse les frais ! »

« Je serais plutôt d'accord avec toi, sauf que cette chère
Ginevra Rinaldi a très bien pris le mariage. »

« Qu'en sais-tu ? »

« Brian me l'a rapporté il y a un mois. »

*Il y a un mois ? Mais si je n'étais même pas au courant d'un
tel accord !*

« Je ne crois pas qu'elle l'épouserait si elle connaissait la
vérité. »

« Vu ses problèmes de santé, je pense qu'elle a de la
chance qu'un homme soit disposé à l'épouser. »

J'explosai, incapable de contenir ma colère : « Quels
problèmes de santé ? ». je ne pouvais pas croire à la
masse de mensonges répandus sur mon compte.

« Je ne sais pas précisément mais, selon ce qu'on en dit,
elle a des difficultés à se déplacer suite à une fièvre ma-
ligne qu'elle a attrapée au cours d'un voyage en Afrique.
La rumeur dit que la fille a honte de son apparence et

qu'elle évite de se montrer en public depuis quelques années."

Je n'ai jamais mis les pieds en Afrique !

Je ne pouvais pas y croire !

Mon père me dégoûtait parce que j'étais sûre que c'était lui qui faisait courir ces bruits pour justifier mes absences.

"Je te demande instamment de ne raconter à personne ce que je viens de dire, autrement mon père me transforme en *corned beef.*

Effrayée des risques que courait Lorenzo pour m'avoir révélé cette conspiration, je promis : "Je te le jure. Je ne ferai jamais rien qui puisse te mettre en péril."

18

LORENZO

Je n'avais pas fermé l'œil de la nuit.

Je fermais les yeux et, à chaque fois, je revoyais Mia s'approcher de ma table, tourner son regard vers Brian Esposito et puis... la panique !

Je n'avais jamais vu Mia effrayée au point de quitter si précipitamment les lieux.

C'était la première fois que je craignais qu'elle ne s'en aille et que je ne la revoie plus

Je l'avais poursuivie et, quand je l'avais retrouvée dans la ruelle à l'arrière de l'établissement, le souffle court, le corps tremblant et le visage pâle, j'avais compris que Brian faisait partie de son passé, un passé qu'elle fuyait.

J'avais essayé de la confronter et j'avais été à deux doigts de perdre la tête quand je m'aperçus qu'elle me mentait.

Seuls la gêne et le dégoût qui se dessinaient sur son visage quand je lui avais demandé s'ils avaient couché ensemble, m'avaient calmé. Toutefois, une fois encore je n'étais pas parvenu à tirer d'elle la moindre information utile.

Je fus tenté de demander des explications à Brian mais celui-ci était trop occupé à se vanter de son mariage imminent avec Ginevra Rinaldi, une personne jalouse au point de ne jamais le laisser en paix.

Il l'avait définie comme insatiable au lit et était très satisfait de son choix.

Ce fut la conscience de ce fait qui me calma. J'étais sûr que Brian n'approcherait jamais Mia.

Je finissais mon petit déjeuner quand on frappa à la porte de mon appartement.

Il s'agissait de Jacob.

"Tu ne vas pas y croire !", s'exclama-t-il euphorique, déposant sur la table des photos et des documents. "Nous avons suivi l'amie de Mia comme tu nous l'as demandé et nous avons découvert qui elle est !"

"Ne me dis pas que tu sais également qui est Mia."

Mon adjoint m'avertit d'un air sévère, me faisant tressaillir : "Non, mais je te conseille de chasser cette fille du *Bridge* dès que possible !". Mon ami ne lançait jamais de paroles en l'air.

"Je t'écoute."

"Donc nous avons suivi la jeune femme. Elle a pris un taxi et s'est faite conduire à l'université de l'autre côté du fleuve. Arrivée sur place elle est entrée furtivement par la porte arrière du bâtiment ; mais quelques minutes plus tard elle en ressortait et montait de nouveau dans le taxi. Elle était très agitée. Apparemment la personne qui l'attendait avait dû s'apercevoir de sa disparition.

Nous avons suivi le taxi jusqu'à un *cottage* perdu dans la nature. Elle y a passé la nuit. Le lendemain quelqu'un est venu la voir. Nous n'avons pas vu de qui il s'agissait, mais une dispute a éclaté peu après et à la fin elle restée au *cottage* pendant que les deux nouveaux arrivés l'attendaient à l'extérieur. Ils y sont encore mais Sebastian et moi-même sommes partis parce qu'on nous remarquait trop."

"Et puis ?"

"Nous avons effectué des recherches et devine un peu à qui appartient ce *cottage* ?", demanda-t-il en me mettant sous les yeux la photo d'une fort belle propriété au milieu des bois.

"À un homme riche de toute évidence."

"À Richard Gerber, le père de Richard Gerber Junior."

Mince ! Bien sûr que je le connaissais !

Je compris, sous le choc : "Le comptable du patrimoine des Rinaldi ?"

"Oui. Et regarde ceci : voici la famille Gerber au grand complet pendant l'inauguration du nouveau centre commercial des Rinaldi", me répondit Jacob en me montrant une photo où apparaissait Richard Gerber Jr. avec sa femme et sa fille, aux côtés d'Edoardo Rinaldi et de ses enfants Rosa et Fernando.

Je regardai à nouveau la fille des Gerber.

Je murmurai incrédule : "Chelsea Faye."

"Maya Gerber en réalité. Te rends-tu compte ? Il y a sous ton toit une femme qui est associée aux Gerber et, par voie de conséquence, aux Rinaldi ! Tu sais mieux que moi qu'une telle violation du traité de paix signé entre les Orlando et les Rinaldi après des années de guerres intestines peut faire sauter tous les accords. Si ton père découvrait ce lien, Mia Madison serait déjà morte."

Je ne le savais que trop !

Mes poumons étaient contractés et incapables de s'ouvrir pour respirer normalement tellement j'étais sous le choc.

Mia était devenue un pion à éliminer et comme le fait de l'avoir admise dans mon entourage était de ma faute, il revenait à moi de faire justice.

"Quelqu'un d'autre est-il au courant de cette histoire ?"

"Non, seulement moi et Sebastian."

"Bon, gardez ça pour vous. Il faut d'abord que je voie Mia. Hier soir je lui ai parlé de certaines choses et je crains d'avoir commis une erreur impardonnable."

Jacob s'alarma : "Quelles choses ?"

"Celles relatives au mariage d'Esposito avec Ginevra Rinaldi."

"Pas possible ! Es-tu devenu fou ?"

"Je ne sais pas pourquoi je l'ai fait. Elle était tellement effrayée que, en cherchant à la calmer, j'ai fini par dévoiler bien plus que je n'aurais jamais dû lui dire."

"Lorenzo, je te connais depuis des années et jamais je ne t'ai vu commettre une telle ânerie ! En particulier avec une personne dont tu ne sais rien."

"Je ne peux pas t'en fournir la raison mais je lui fais confiance."

"Je vais te la donner, moi, la raison : cette fille t'a tourné la tête. Tu en es tellement amoureux que tu as perdu tout ce contrôle sur toi-même qui t'a toujours caractérisé. Mais crois-moi... Un jour tu t'en mordras les doigts."

Je savais qu'il avait raison mais j'étais déjà tombé dans le piège.

Je perdais ma lucidité en présence de Mia.

Je la voulais, je la désirais...

Toutefois je ne pouvais pas rester sans rien faire.

Le moment d'obtenir des réponses était arrivé... ou bien celui de la descendre.

19

GINEVRA

J'avais pleuré pendant toute la nuit.

Je suffoquais de plus en plus.

C'était un peu comme si le cercle de mon entourage se repliait sur moi jusqu'à me broyer.

Combien de temps encore pourrais-je continuer avec tous ces mensonges ?

Le moment de partir était arrivé pour moi.

J'étais en train d'y réfléchir quand Marielle vint m'annoncer que Lorenzo désirait me parler et m'attendait dans son appartement.

Je m'y rendis aussitôt mais, à peine entrée, je m'immobilisai.

Lorenzo m'attendait dans son bureau. Il était assis, le secrétaire devant lui rempli de documents et de photos.

Je sursautai en reconnaissant le *cottage* du grand-père de Maya.

"Assieds-toi", m'ordonna-t-il calmement.

J'obéis sans sourciller, consciente que le moment que je craignais tant depuis que j'avais connu Lorenzo était arrivé.

Il a découvert ma véritable identité !

Je ne fus guère surprise de voir un pistolet posé sur ses genoux, au travers de la superficie vitrée du secrétaire.

"Connais-tu quelqu'un parmi toutes ces personnes ?", me demanda-t-il d'un ton glacial, me montrant une photographie prise à l'occasion d'une inauguration à laquelle je n'avais pas participé, où figurait la famille de Maya au grand complet et la mienne, sauf moi.

"Oui", murmurai-je.

"Tu ne m'as jamais dit que ton amie était la fille du comptable des Rinaldi."

"Je ne pensais pas que cela fût important. Elle n'a rien à voir avec les affaires de sa famille", la défendis-je, inquiète qu'il puisse lui faire du mal.

"Connais-tu sa famille ?"

Incertaine, je répondis : "Oui". Il était évident que je connaissais toute la famille Gerber étant donné que j'étais une Rinaldi. Était-il possible que Lorenzo n'ait pas deviné qui j'étais ?

Je parcourus rapidement les photos. Elles étaient récentes et je m'aperçus que je n'apparaissais nulle part.

"Connais-tu également la famille Rinaldi ?"

"Oui."

"Et il ne t'est pas venu à l'esprit de me le dire ?"

"Je ne voulais pas que tu le saches."

"Pour quelle raison ?"

"J'avais peur que tu me rejettes si tu avais su la vérité."

"Tout à fait. Et dis-moi... tu n'as pas connu Brian Esposito à New York, n'est-ce pas ?". C'était une question mais de son regard dur je percevais qu'il s'agissait en réalité d'une affirmation qui n'admettait pas de réplique.

"Non, je l'ai connu chez les Rinaldi."

"Donc tu travailles pour eux ?"

"Non !"

Lorenzo se fâcha tout d'un coup, se levant en colère : "Ne mens pas !"

"Je ne te mens pas, je te le jure", répondis-je en essayant de conserver mon calme.

"Alors que fais-tu ici ?"

"Tu le sais bien : je cherchais un endroit où me poser."

"Tu les fuis ?"

"Oui."

"Sais-tu que s'ils découvrent que tu es ici, ils te descendent ?"

Je me tus parce que je ne croyais pas que mon père en viendrait à une telle extrémité.

"Sais-tu aussi qu'en restant ici, tu risques également de mourir ?"

"Je n'ai rien fait de mal et je ne moucharde pas."

"je t'ai raconté certaines choses hier..."

"Je t'ai juré que je ne rapporterai à personne ce que tu m'as dit", lui rappelai-je, vexée par son insinuation.

Je me levai à mon tour parce que je n'avais pas l'intention de me laisser insulter, ni de passer pour une traîtresse.

Je redressai le menton et l'affrontai ouvertement.

Peu m'importait ce qui allait arriver mais au moins j'aurais fait l'impossible pour en sortir la tête haute.

"Tu es dans une situation trop délicate pour ne pas recourir à cette information afin de sauver ta peau avec les Rinaldi et être de nouveau accueillie parmi eux."

"Qui t'a dit que j'aie envie de les revoir ?"

"Personne. Mais tu sais parfaitement que ce ne sont pas des faux papiers qui te sauveront de leur soif de vengeance si tu t'enfuis. Personne ne peut quitter la famille après avoir conclu un accord avec elle."

"Je suis parfaitement au courant, crois-moi."

"De ce fait, tu comprendras que je ne puisse plus me fier à toi. Je devrais te descendre."

Tout à coup je me trouvai acculée.

Je n'avais pas d'échappatoire.

Lorenzo me faisait face, l'arme à la main.

"Sais-tu ce que disait toujours mon grand-père ?" me dit-t-il. "Il me disait que si un Orlando et un Rinaldi entraient en collision, cela se terminait d'une seule façon."

"Par la mort de l'un des deux", dis-je. "Je l'ai entendu maintes et maintes fois."

"Je ne pourrais jamais te faire de mal et encore moins te tuer", confessai-je avec les larmes qui me piquaient les yeux. Comment aurais-je pu descendre celui dont j'étais éperdument amoureuse ?

Il hurla, furieux : "Pourquoi devrais-je te croire après tous les mensonges dont tu m'as gratifié ?"

À mon tour je hurlai hors de moi : "Parce que je t'aime !", avant qu'une boule dans la gorge étouffe mes paroles.

Lorenzo sortit de ses gonds : "Ne mens pas !", et il appuya le canon de son arme sur ma gorge.

"Je ne te mens pas", pleurai-je à chaudes larmes. Je ne savais plus si je souffrais davantage de n'être pas crue ou par crainte de la mort. "Maya avait raison. Je n'aurais jamais dû t'approcher de si près au point de tomber amoureuse de toi. Je savais que c'était dangereux pour tous les deux mais je ne pouvais pas rester loin de toi et je me suis trompée."

"Jure que tu ne te moques pas de moi, à seule fin de sauver ta peau", dit-il rageusement à quelques centimètres de mon visage, le prenant entre ses mains.

"Dans quel but ? De toute façon tu ne me croiras jamais. Tu as déjà décidé de me descendre, pas vrai ?"

"Fais-moi changer d'avis."

"Comment ?"

"En me disant ton nom véritable, tant qu'à faire."

"Ginevra, je m'appelle Ginevra", murmurai-je en face de ses yeux exorbités chargés de haine.

"Ginevra... Rinaldi ?", demanda-t-il avec difficulté, même si son regard montrait des signes d'incrédulité. Lorenzo savait que la fille d'Edoardo Rinaldi était handicapée et était toujours collée à Brian, donc il ne pouvait pas s'agir de moi. Toutefois le doute était perceptible au fond de ses yeux. Un doute qui le dévorait.

"Ginevra, rien d'autre."

"Je veux ton nom de famille."

Je le défiai : "Et si je te disais Rinaldi, me croirais-tu ?"

"Non, ce n'est pas possible... Ginevra ne sort pas de chez elle depuis des années à cause de son handicap et cela fait des semaines que Brian me dit qu'elle ne le lâche pas d'une semelle. Même le soir où il est venu ici, il venait de dîner avec elle. Sans compter que la fille d'un boss de la mafia ne ferait jamais la femme de chambre pour refaire les chambres des invités. Encore moins chez un Orlando. Elle ne serait même pas capable de passer l'aspirateur". Il fit de son mieux pour, à partir des mensonges que je lui avais servis, réfuter la vérité que je mettais devant ses yeux. Un peu comme s'il ne pouvait croire mes révélations parce qu'il ne voulait pas accepter la vérité.

"Effectivement, la riche et gâtée Ginevra Rinaldi que tout le monde connaît n'est certainement pas comme moi. Elle n'est pas obligée de se lever tous les jours pour préparer son petit déjeuner, elle ne doit pas faire le ménage dans son habitation... Non, elle passe ses journées, choyée et adorée par sa famille, qui ferait tout pour elle", dis-je avec amertume. "Je suis désolée Lorenzo, mais je ne suis pas la Ginevra Rinaldi que tu t'imagines."

"Alors qui es-tu ?", s'exclama Lorenzo, le regard tourmenté et exaspéré par la confusion qui régnait dans son esprit.

"Je ne suis personne", alléguai-je avec conviction sans détourner le regard. "Ma famille ne me comble pas d'amour et d'attentions. Je n'ai pas de petit ami qui m'aime telle que je suis. Je n'ai pas de maison à moi. Je n'ai pas de travail. Ma seule amie est Maya Gerber qui, à l'opposé de moi, mène une vie bien plus remplie. Et sais-tu le pire ? J'aime un homme qui n'a pas confiance en moi. Je voudrais vivre ma première histoire d'amour avec lui mais il y a trop de mensonges à la base de cette relation et je suis consciente que ce que je vis au Bridge est destiné à finir tôt ou tard. Ce que j'éprouve pour lui est erroné, interdit et dangereux mais je ne peux pas vivre sans lui. À un point tel que je n'ai plus peur de rien, pas même de mourir", confessai-je.

"Tu es folle."

"Tu as raison. Aimer quelqu'un qui ne te donnera rien en retour est de la folie pure. Mais c'est comme ça et je n'y peux rien."

"Fais bien attention à ce que tu dis, parce que si je devais découvrir que tu te moques de moi, je te...", dit-il, les dents serrées à quelques centimètres de mon visage. Nos nez se frôlèrent un instant.

"Tu ferais quoi ?"

"Je pourrais te détruire", me dit-il à voix basse avant de poser ses lèvres sur les miennes dans un baiser furieux et passionné qui me coupa le souffle.

Je répondis à son baiser et me laissai emporter par ce que lui seul était capable de me donner.

"Es-tu prête à être mienne, pour toujours ?", me dit-il lorsque nous nous détachâmes pour reprendre notre souffle.

La voix chargée d'appréhension je répondis : "Oui". Je me doutais de ce qu'il demandait et une partie de moi craignait de ne pas être à la hauteur.

"Quand tu seras mienne tu ne pourras plus revenir en arrière ni t'enfuir."

"Je ne le ferai pas. Je te le promets."

"Ne fais pas de promesse..."

"Celle-ci je la tiendrai. Je te le jure", le rassurai-je. "Je ne ferai jamais quoi que ce soit pour te nuire ou te faire souffrir. Tu as ma parole."

Pour la dernière fois, il m'avertit : "Je veux bien te croire. Ne me fais pas regretter cette décision parce que je ne pourrais jamais te pardonner", avant de me prendre dans ses bras et me porter dans la chambre à coucher.

20

LORENZO

J'étais fou !

Je l'étais bien évidemment, parce que seul un malade pouvait être à ce point obsédé par une femme pour perdre toute lucidité, cette lucidité qui l'avait si bien servi jusqu'à ce jour.

Mia... Ginevra... ou Dieu seul savait comment elle s'appelait... m'avait fait perdre tous mes repères.

Elle était la seule en mesure d'annihiler mon *self control* et me pousser à dire et faire des choses qui ne venaient pas de moi.

Un seul regard de sa part suffisait pour ouvrir le cadenas qui emprisonnait mes instincts les plus primitifs.

Il suffisait d'un bref contact entre nos deux corps pour être à la merci d'un désir sombre, profond et irrépressible qui tout à la fois m'agitait et me frustrait.

Je la voulais. Je la désirais follement mais il y avait toujours quelque chose qui me retenait. Une chaîne qui m'ancrait aux enseignements transmis par ma famille, lesquels m'avaient rendu soupçonneux et méfiant envers quiconque.

En plus, la peur et la fragilité que je lisais sur le visage de Ginevra avaient le pouvoir de bloquer mes envies impatientes.

Seuls ses sourires et la joie qui émanait d'elle parfois, me donnaient la force de cohabiter avec ce désir qui me paralysait, m'insufflant chaleur et paix.

Cependant le mystère de sa véritable identité était comme une plaie ouverte dans mon flanc et, après la découverte de ses liens avec la famille Rinaldi, il était devenu une torture insupportable.

Je savais qu'un membre du clan Rinaldi dans mon établissement ne pouvait chercher qu'une seule chose ; la mort par la main d'un Orlando. Mais Ginevra ne m'avait jamais donné aucun motif de douter d'elle ou de ses intentions.

En plus j'étais amoureux d'elle.

Oui je l'aimais.

Et je la détestais pour ses mensonges. Trop nombreux pour ne pas perdre mon calme après avoir découvert qui elle était, mais pas suffisants pour me pousser à me débarrasser d'elle.

La crainte d'être tombé amoureux d'une illusion me déchirait l'âme ; mais mon sang se figeait dans les veines à la seule idée de la perdre.

Il demeurait toutefois une interrogation.

Je n'avais pas compris si elle était réellement Ginevra Rinaldi ou qu'une simple homonyme.

L'espace d'un instant j'eus l'impression de tenir entre mes mains la fille d'Edoardo Rinaldi, mais c'était impossible !

Tout ce que m'avait dit Brian Esposito à propos de sa fiancée, ce qui se racontait à propos des problèmes de santé de la jeune femme, enfin l'habileté de celle que je connaissais en tant que femme de chambre et serveuse...

Non, la Ginevra que je connaissais ne pouvait pas être la fille d'Edoardo Rinaldi. Il était inconcevable qu'une fille aussi fortunée ait pu s'enfuir de son père sans qu'il ait mobilisé la moitié de la ville pour la rechercher !

Cependant Ginevra semblait sincère lorsqu'elle m'avait donné son nom.

Un cas d'homonymie ! Ou un lien de parenté au deuxième ou au troisième degré ?

Je n'en savais rien mais en cet instant je voulais croire cette femme que j'aimais et ôter de mes épaules cette obligation de devoir la descendre.

Bien entendu, la peur d'être trompé ne m'avait pas quitté et je n'avais pas menti en lui disant que j'aurais pu la détruire au cas où elle se moquerait de moi.

De quelle manière ? Je ne le savais pas et une partie de moi-même se demandait sans cesse le point auquel j'aurais pu parvenir si je devais découvrir de m'être amouraché d'une personne qui jouait avec mes sentiments.

Je détestais depuis toujours les manières fortes, brutales et coercitives de ma famille mais je sentais que, dans le cas de Ginevra, j'aurais pu faire une exception si je m'apercevais qu'elle m'avait trompé au point de me briser le cœur.

Ce baiser que je lui donnais maintenant portait tout le désespoir et les tourments que j'éprouvais.

J'étais désorienté, détruit, furieux et amoureux.

Depuis quand suis-je tombé amoureux de toi ?

Je n'en savais rien mais je me rappelai que, quand elle avait cuisiné pour moi et m'avait donné à manger, pour la première fois j'avais senti battre mon cœur.

Un jour Ginevra, en pleurs, m'avait dit que c'était la première fois depuis des années que quelqu'un daignait s'intéresser à elle.

Sincèrement ma situation ne différait pas tellement de la sienne, dans la mesure où je ne communiquais plus avec ma famille depuis sept ans, et ceux qui me préparaient mes repas étaient payés pour le faire.

Ginevra était la première femme qui s'appliquait à me faire sentir spécial, comme je l'avais fait pour elle. Pas même ma mère, pour autant que je m'en souvienne, car elle était morte alors que je n'avais que quatre ans.

C'était cette simplicité naturelle et l'amour pur qu'elle mettait dans tout ce qu'elle accomplissait qui m'avaient frappé au point de vouloir passer le restant de mes jours avec elle, même si nous ne nous connaissions que depuis quelques semaines.

"Lorenzo" me rappela Ginevra, me ramenant à la réalité.

Je l'avais portée dans ma chambre où je l'avais déposée sur le lit.

Sans me déshabiller je m'étais allongé sur elle et j'avais commencé à l'embrasser et à la caresser comme jamais je n'avais fait avec elle auparavant.

« J'ai dit la vérité quand je t'ai confessé que j'étais vierge », me dit-elle, la voix chargée d'appréhension.

« Me fais-tu confiance ? », demandai-je en l'embrassant avec douceur. Avec elle je devais y aller sans brutalité.

« Oui. »

« Alors tout ira bien », murmurai-je, ôtant son *tee-shirt* et abaissant les épaulettes de son soutien-gorge.

J'embrassai sa poitrine qui se soulevait au rythme de sa respiration saccadée et essoufflée, tandis que ma bouche glissait sur sa peau blanche, douce et soyeuse.

Son parfum était simple et respirait la propreté et l'innocence ; en même temps il était aphrodisiaque et envoûtant.

Malgré mon excitation qui réclamait impatiemment d'être satisfaite, je pris calmement la chose.

Je lui ôtai, tout ensemble, pantalons et slip, sous le regard embrumé de désir et craintif de Ginevra.

« Tu es très belle », murmurai-je en revenant vers elle.

Je la caressai, l'embrassai, la suçai parcourant sa peau de la gorge jusqu'aux lobes des oreilles et sa bouche entrouverte et haletante.

Chacune de ses inspirations, chaque gémissement était une atteinte à ma santé mentale.

Je dus me contraindre à un contrôle sur moi-même auquel je n'étais pas coutumier pendant que je la touchais et découvrais ses parties les plus érogènes comme ses hanches, le sein, la base du cou, ses poignets et l'aine.

« Lorenzo », vibra-t-elle de plaisir lorsque j'abaissai le soutien-gorge et fis des cercles avec ma langue autour de ses mamelons turgescents d'excitation.

Je pris l'un des deux dans ma bouche et commençai à le sucer, d'abord lentement puis avec une voracité croissante, tandis que ma main saisissait l'autre entre le pouce et l'index, commençant à le triturer, à l'asticoter et à le tirer de plus en plus fort.

"Je t'en prie", gémit-elle, épuisée par la tension qui la secouait en profondeur.

Le plaisir dans lequel elle était plongée se lisait dans ses yeux.

Je mis une main dans son entrejambe et la caressai avec le pouce, rapidement mouillé de sa cyprine.

Son plaisir était palpable pendant que je la pénétrai lentement avec mes doigts pour préparer le passage de mon membre dressé.

Je l'embrassai sur la bouche, affamée de ma personne et du plaisir que je lui procurais.

Ensuite je prélevai un préservatif de la table de chevet.

Elle savait que le moment tant attendu était arrivé.

Une partie de sa personne avait hâte de donner un exutoire à cette tension accumulée qui la dévorait ; d'un autre côté elle était consciente que cette union de nos deux corps la rendrait mienne pour toujours et que nul ne pourrait plus la détacher de moi.

Je repris mes baisers et mes attouchements, la laissant en faire autant avec moi.

Ses gestes empreints de timidité, les caresses délicates avec lesquelles elle m'effleurait les cheveux, le visage, les épaules et les pectoraux, réussissaient à m'enflammer et à me modeler comme de l'argile entre ses mains.

"Je t'aime Lorenzo. Je t'aime vraiment", me dit Ginevra pendant que je la soulevai par les hanches afin de la pénétrer plus aisément.

"Je t'aime aussi", lui répondis-je instinctivement, sentant mon cœur exploser de peur et de passion pour elle.

J'étais effrayé de ce que j'éprouvais pour elle. Mais plus je continuais, et plus je m'apercevais qu'elle était la seule capable d'illuminer mes journées et me rendre heureux.

À peine la pointe de ma verge l'effleura-t-elle qu'un petit cri d'excitation et d'angoisse lui échappa, que j'étouffai par un baiser profond et prolongé.

Ce n'est qu'à partir du moment où je sentis qu'elle était prête que je recommençai à l'approcher et à la pénétrer lentement jusqu'au fond, allant d'avant en arrière pour l'habituer à cette invasion de ses parties intimes qui l'emplissait et la bouleversait.

Contrôler et doser cet assaut était une torture pour moi, alors que j'aurais voulu me laisser aller mais je ne pouvais pas me le permettre car Ginevra était encore vierge et trop innocente, au risque de l'effrayer facilement.

Ce ne fut que quand je sentis sa respiration saccadée se coordonner avec la mienne et son corps se cambrer contre le mien dans une danse primitive, sensuelle et charnelle, que j'accélérai mes mouvements.

Approchant de l'orgasme je m'appuyai sur mes coudes et recommençai à lui embrasser le sein et jouer avec ma langue sur ses mamelons. Simultanément je revins vers ses parties intimes avec une main et je fis autant avec son clitoris gonflé et hyper-sensible.

"Lorenzo, je...", haleta Ginevra parvenue au bord de l'extase.

"Montre-moi comme ça te plaît", lui chuchotai-je à l'oreille, accroissant l'intensité de mes attouchements.

L'instant d'après une explosion orgasmique secoua Ginevra dont le vagin se contracta autour de mon pénis. Ce furent des secousses tellement fortes et prolongées qu'elle accrurent démesurément le plaisir que j'éprouvais, tant et si bien que, quelques secondes plus tard, je l'accompagnai dans une jouissance débordante, impétueuse et étourdissante.

Je n'avais jamais autant joui, ni aussi longtemps, de toute mon existence.

Quand je me retirai de Ginevra, je m'aperçus de mon essoufflement : mon cœur battait à tout rompre au travers de la cage thoracique.

Je m'allongeai à côté d'elle ; mais elle se rapprocha aussitôt de moi, à la recherche de cette chaleur que la séparation d'avec moi lui ôtait.

Je l'embrassai profondément.

"Je voudrais que cet instant dure pour toujours", me dit-elle avec douceur.

"Moi aussi". Je déposai de légers baisers sur son visage jusqu'au moment où elle s'assoupit.

Sa respiration tranquille et paisible me réchauffa le cœur et, après tant de temps, je me sentis en paix avec moi-même et avec l'univers entier.

21

LORENZO

Nous avions fait l'amour toute la journée mais le lendemain chacun reprit ses occupations et il nous fut impossible de passer du temps ensemble.

Je frémissais en attendant que la nuit tombe et que l'établissement ferme pour aller dans ma chambre et retrouver Ginevra à laquelle j'avais demandé de s'installer chez moi.

"Lorenzo", m'appela Jacob, après que Ginevra m'ait salué pour aller se coucher car son service finissait tôt en soirée.

"Que se passe-t-il ?", demandai-je, remarquant l'expression sombre et préoccupée de mon ami. Depuis que je lui avais dit que Ginevra restait ici malgré ses liens avec les Rinaldi, nos relations s'étaient dégradées.

"Puis-je te parler de Ginevra ?"

"Encore ? Non, je te l'ai déjà dit. Je lui fais confiance et je sais qu'elle ne me trahira jamais."

"À ta place je n'en serais pas si sûr."

Je l'arrêtai sur un ton de menace : "Jacob." Seul un inconscient aurait osé poursuivre.

"À ton aise, mais demande au moins à ta copine pourquoi elle est allée voir Lucky Molan pour lui demander de la mettre en relation avec Maya Gerber !" déclara-t-il furieux.

La poitrine m'élança et je me fâchai à mon tour : "Qu'est-ce que tu racontes ?". Était -il possible que Jacob dît vrai ? Ginevra m'avait juré qu'elle n'avait plus rien à voir avec les Rinaldi ! Je l'avais crue.

Elle s'était donnée à moi par amour et en confiance en jurant de m'aimer.

"Ce matin Ginevra est venue me demander le numéro de téléphone de Lucky Molan, le petit copain de Maya Gerber. Je lui ai donné et elle m'a prié de ne rien dire afin de ne pas t'inquiéter, même si elle se doutait bien que je ne garderais pas la bouche cousue avec toi. Quoi qu'il en soit, elle l'a appelé pour lui demander de l'aider à se mettre en contact avec... Chelsea. Lucky ne connaît pas la véritable identité de sa copine. Il a accepté et a donné rendez-vous à Ginevra dans l'après-midi pour lui prêter son *iPad* grâce auquel il a accès à *Privatelessons.com* et au chat avec Maya."

"Sais-tu ce qu'elles se sont dit ?", marmonnai-je encore incrédule de m'être fait si facilement rouler.

"Non. J'ai demandé à Lucky en l'arrosant abondamment : tout ce qu'il a pu me dire était que, depuis la pièce voisine,il les a entendues se chamailler à propos d'une trahison inattendue."

"Et quoi d'autre ?"

"Rien de plus. Désolé mais il fallait que tu le saches."

J'écoutai à peine ses excuses parce que je me précipitai dans mon appartement à la recherche de Ginevra.

J'entrai chez moi en trombe et la trouvai toute trempée, en peignoir, qui sortait de la salle de bain.

"Tout va bien ?" demanda-t-elle préoccupée. De quoi avais-je l'air en ce moment, je n'en savais rien mais je me sentais à deux doigts de commettre un homicide.

Je l'assaillis avec véhémence : "Dis-moi. Qu'est-ce que tu as raconté à Maya Gerber ?" en m'approchant d'elle furieux.

"Je lui ai dit de ne pas venir ici demain parce que je n'ai pas l'intention de rentrer à la maison."

"Ne me mens pas !" lui jetai-je au visage. J'étais à ce point bouleversé que je ne comprenais plus s'il s'agissait un mensonge ou si elle me disait la vérité.

Elle me répondit calmement : "Lorenzo c'est la vérité : je lui ai dit que je t'aimais. Elle s'est fâchée et nous nous sommes disputées. Elle a menacé de tout raconter à mon... aux Rinaldi. Je lui ai seulement dit que je voulais être heureuse et qu'auprès de toi je me sentais aimée et à la maison."

"Lui as-tu révélé ce que t'ai appris sur Esposito ?"

"Je lui ai dit que j'avais découvert quelque chose à son sujet qui ferait échouer le mariage sans entrer dans les détails."

"Merde, tu m'avais promis que tu te serais tue ! Si ce mariage est annulé..."

"Le mariage est déjà annulé."

"Que diable racontes-tu ? Maya t'aurait-elle dit quelque chose que j'ignore ?"

"Non. Je peux seulement te dire que Ginevra Rinaldi est tombée amoureuse de quelqu'un d'autre et qu'elle ne tient plus à épouser Brian Esposito."

"Mince, si ce que tu dis est vrai, ça va déclencher un scandale. Et qui est l'heureux élu ?"

"Pourquoi veux-tu le savoir ?"

Je ricanai sur un ton acide : "En fait je suis curieux de connaître le nom de l'idiot qui finira tôt ou tard dans la rubrique des avis de décès du journal. On ne peut pas imaginer de s'en sortir quand les affaires des deux familles les plus puissantes de la ville sont en jeu."

Je lui demandai, soupçonneux :"Le connaîtrais-tu par hasard ?" lorsque je la vis pâlir et devenir muette. J'étais sûr qu'elle connaissait cet homme, très bien même, un petit peu trop à mon goût.

Elle s'énerva et voulut retourner dans la salle de bain : "Je ne veux pas en parler", mais je l'arrêtai.

"Je ne sais pas ce qu'il y a entre cet homme et toi, car il est évident que tu le connais, mais je te rappelle que tu es à moi maintenant" réitérai-je, énervé en lui saisissant rudement le bras.

Mal à l'aise, elle murmura sans me regarder : "Ce n'est pas ce que tu crois mais je ne veux pas que tu parles de lui de cette façon."

"Tu éprouves quelque chose pour lui !", compris-je et son rougissement fut la goutte d'eau qui fit déborder le vase.

"Il y a certaines choses que tu ne sais pas et que je ne peux pas encore t'annoncer parce que je veux m'assurer au préalable que personne ne te fera de mal", bredouilla-t-elle avec difficulté, ce qui m'irrita davantage.

"La seule chose dont il faut t'assurer est que je ne découvre jamais de devoir te partager avec quelqu'un d'autre", affirmai-je avec autorité, prenant possession de sa bouche pour un baiser brutal et capable d'annihiler toute autre pensée.

Ginevra tenta de reprendre le fil de notre conversation : "Lorenzo, je t'en prie, je..." mais j'étouffai le reste de phrase avec un autre baiser tout en dénouant son peignoir et la déshabillant promptement.

Elle se débattit un instant, essayant de se couvrir, mais je m'abaissai rapidement vers elle, coupant court à son hésitation dès que ma langue humide et chaude glissa sur son sein délicat.

Cette fois je ne me retins pas et mes doigts la pénétrèrent sans douceur.

Je déboutonnai et abaissai mon pantalon.

J'en fis autant avec le caleçon noir.

Je n'avais pas envie de me déshabiller, seulement de la punir pour l'hésitation que j'avais perçue dans son regard à l'évocation de cet homme.

Elle haleta, proche de l'orgasme : "Lorenzo", mais je retirai ma main juste à temps.

Ginevra gémit, souffrant de cette interruption au meilleur moment.

"Fais-moi jouir", lui ordonnai-je, l'abaissant devant moi.

Je pris ses cheveux entre les mains et remontai son visage vers mon membre gonflé à bloc, prêt à être dégusté.

Non sans une certaine appréhension, je vis Ginevra s'approcher et le prendre dans sa bouche.

"C'est bien, continue comme ça...", haletai-je en sentant sa langue parcourir timidement ma verge avant de remonter vers l'extrémité. Je la laissai s'habituer à mon pénis et, quand elle commença à me sucer, je dus me retenir pour ne pas éjaculer dans sa bouche.

"Lève-toi", lui ordonnai-je, la saisissant par les fesses et la soulevant afin qu'elle enserre mes hanches avec ses cuisses.

Grâce à cette position je pus la pénétrer facilement.

Je la pénétrai à grands coups furieux.

À un certain point Ginevra, repoussant un baiser, me demanda : "Pourquoi faisons-nous ceci ?"

"Pour oublier", répondis-je en pensant à combien me faisaient souffrir le passé de Ginevra, ses souvenirs et les hommes qui occupaient encore son esprit, dans la crainte qu'un jour ils puissent l'emporter.

"Ce n'est pas le sexe qui t'aidera. Tu essayes uniquement de me posséder, de me faire devenir tienne, de me plier à ta jalousie", me dit-elle en se libérant et se remettant sur ses pieds. "Tu m'as dit autrefois que je ne dois pas m'habituer aux abus de la part des hommes. C'est pourquoi je te le dis : si c'est ce genre de relation que tu souhaites, tu t'es trompé de personne. Je t'aime Lorenzo mais nous ne pourrons jamais être heureux si tu ne me fais pas confiance ou si tu ne me respectes pas."

Je ne saurais dire si j'étais plus bouleversé par ses paroles ou par son ton posé, froid, précis et aussi incisif que le bistouri d'un chirurgien.

En vérité j'étais ébranlé et cette relation née sur des mensonges et des secrets encore dissimulés, me dévorait l'âme tel un animal féroce, sanguinaire et affamé de ce qu'il y avait de mieux en moi.

Je ne pus qu'articuler : "Je... excuse-moi".

"Excuses acceptées. Pouvons-nous nous coucher à présent ? Je dois me lever tôt demain matin pour refaire les chambres."

"Je ne veux pas que tu travailles autant. Je pourrais te nommer responsable ou...", dis-je, me rendant compte que, bien que Ginevra fût désormais ma femme, elle n'avait jamais cessé de travailler comme femme de chambre et serveuse sans jamais aspirer à une position privilégiée.

"Je ne pensais pas te le dire un jour mais la vérité est que cet endroit me plaît : j'aime travailler et m'occuper du *Bridge*. Ce lieu est devenu une maison pour moi. J'aime faire les chambres, placer un petit bouquet de lavande sur les coussins, servir à table et voir les gens contents et satisfaits du service. En outre le chef a inclus dans le menu mes spaghettis glacés à la carotte et au pamplemousse. Sans compter que Marielle est comme une mère pour moi, tandis que Randy et Josh sont un peu les petits frères que je n'ai jamais eus. Nous nous aimons tous et nous soutenons les uns les autres. Je vais bien et je ne voudrais pas changer de place, de peur de perdre cette harmonie, même s'ils sont au courant que

nous vivons ensemble et ils sont un peu intimidés",
m'expliqua-t-elle les yeux brillants.

Je me rendis : "D'accord", soulagé de lire cette joie sur
son visage.

"J'aimerais que les choses aillent mieux entre nous
mais je me rends compte qu'il y a encore beaucoup
d'obstacles et trop de secrets. Cependant je te promets
de trouver bientôt le moyen de me libérer de mon passé
et je t'expliquerai tout."

J'aurais voulu lui dire que je lui faisais confiance ; malheureusement la jalousie est mauvaise conseillère et elle
avait un puissant ascendant sur ma personne. D'autre
part, même si je lui faisais confiance, je ne pourrais jamais me fier aux autres et je savais que, si je baissais la
garde, ne fût-ce qu'une seule fois, quelqu'un d'autre
surgirait et m'enlèverait Ginevra pour toujours.

22

GINEVRA

Trois semaines s'écoulèrent.

Ce fut la plus belle période de mon existence.

Lorenzo m'aimait et je me sentais la personne la plus heureuse au monde.

À chaque fois qu'il m'embrassait, me caressait ou que nous faisions l'amour, j'avais l'impression d'être à un doigt du paradis.

Le plaisir qu'il me donnait était incroyable. C'était comme si mon corps s'était modelé sur Lorenzo, pour obtenir et donner plus de plaisir.

Nous étions en symbiose totale et parvenions à reconnaître dans l'autre sa mauvaise humeur, son excitation, ce qui lui faisait plaisir...

Je n'aurais jamais imaginé de parvenir à créer une harmonie aussi profonde avec un homme, vu mon manque d'expérience, mais c'était comme si le destin l'avait voulu pour nous : nous pousser à rester ensemble et à atteindre des niveaux de compatibilité et de complicité inimaginables.

Bien sûr cela n'avait pas été facile.

Chaque semaine je contactais Maya via le *chat* de *Privatelessons.com*, ce qui avait l'heur d'énerver prodigieusement Lorenzo.

Il n'avait servi à rien que je lui explique que Maya était ma meilleure amie et que nous avions besoin de prendre des nouvelles l'une de l'autre. En outre j'avais dit à Maya que je vivais avec Lorenzo et, après diverses chamailleries, elle avait fini par céder.

"Je ne promets pas de jamais approuver ta décision mais tu es trop heureuse depuis que tu vis avec lui : donc je comprends qu'il en aille ainsi. Seulement j'ai peur que tout ceci finisse... de la pire des façons", m'avait-elle dit la dernière fois.

Concernant ma famille je ne savais rien.

C'était comme si elle s'était retranchée dans le silence dans l'attente de mon retour.

J'étais au courant que mon père avait envoyé des hommes à ma recherche jusqu'à New York mais Maya n'était pas parvenue à comprendre l'ensemble de la situation.

Ses parents eux-même étaient troublés par ma disparition et n'acceptaient pas le fait que mon père ait refusé de s'adresser à la police pour me retrouver.

Il avait même refusé d'afficher ma photo en ville, de peur que ceci pût aider un Orlando à me reconnaître et à m'enlever afin d'arriver jusqu'à lui et jusqu'à son argent.

Cette situation me convenait parfaitement.

Grâce à l'anonymat je parvenais à vivre sereinement dans la partie ouest de la ville.

D'autre part tout le monde était au courant de ma relation avec Lorenzo et nul n'était assez stupide pour ne serait-ce que m'effleurer par erreur.

J'entendis qu'on m'appelait : "Mademoiselle."

"Kate, appelle-moi Ginevra et tutoyons-nous", répondis-je dès que je me retournai vers la jeune serveuse qu'on venait d'embaucher pour le service du soir.

Elle était si timide et craintive de casser quelque chose ou de contrarier Lorenzo ou Jacob, qu'elle ne faisait rien sans s'assurer préalablement auprès de moi que c'était bien.

"À la table numéro 9 se trouvent des clients qui s'expriment en italien et j'ai peur de prendre leur commande. Si je ne comprends pas ce qu'ils me disent, se fâchent, se vexent ou se plaignent auprès de monsieur Orlando...", bredouilla d'un seul trait la jeune fille.

Je réglai la question, à son grand soulagement : "Kate, respire un bon coup et détends-toi. Je m'occupe de la table 9, ok ? Toi pendant ce temps porte du champagne à la table numéro 3."

Je me rendis à la table numéro 9 et pris la commande en anglais. Apparemment les hommes ne parlaient en italien qu'à propos de leurs affaires pour ne pas être compris des autres ; mais il ne m'avait pas échappé dans leurs échanges un chargement attendu au quai 2 du port le lendemain.

Puis je me hâtai vers Frank, le barman, afin qu'il prépare les cocktails demandés.

J'attendais de terminer la énième commande de la soirée quand je vis une figure sombre s'approcher de moi et commander un whisky.

Je ne lui prêtai pas attention et rappelai le barman.

"Ginevra, Lorenzo m'a dit qu'il y a encore un problème chambre 3 et qu'il faut que tu ailles l'aider tout de suite", m'avertit Frank, un sourire malicieux sur le visage, après lui avoir remis la fiche de la commande.

"Ok, je sers ceux-ci et j'y vais", répondis-je en essayant de ne pas rougir ni montrer mon embarras. Le problème dans la chambre 3 n'était qu'une excuse : il était devenu notre code secret pour nous retrouver et faire l'amour quand la soirée se prolongeait et que nous ne pouvions prendre du temps pour un câlin.

Dommage que tout le personnel fût au courant !

Une voix à côté de moi me fit sursauter : "Ginevra ?!" Je connaissais cette voix et un abîme s'ouvrit en moi, prêt à m'engloutir, lorsque je déplaçai le regard vers les yeux verts de Brian Esposito !

"Qu'est-ce que tu fiches ici ! Qui plus est habillée en serveuse !", s'exclama-t-il, parcourant mon corps du regard comme s'il ne parvenait pas à croire ce qu'il voyait. "Je comprends maintenant pourquoi personne n'a été capable de te retrouver !"

J'aurais voulu parler, le chasser... faire n'importe quoi mais j'étais paralysée par la panique qui traversait tout mon corps. J'étais terrorisée parce que je sentais que mon rêve touchait à la fin.

"Lorenzo sait-il qui tu es ? S'il le découvre tu es morte ! Nous devons nous marier."

Sa dernière phrase me tira de ma torpeur.

Je parvins à articuler : "Je ne t'épouserai jamais. Je reste ici et je te prie de partir." Mais Brian, sans m'écouter, me saisit par le bras et m'entraîna.

"Maintenant tu m'accompagnes et tu retournes chez ton père ou je te jure que je fais sauter cet endroit et tous ceux qui y travaillent !", me menaça-t-il, les dents serrées.

"Tu ne parles pas sérieusement. Eux n'ont rien à voir."

"Maintenant tu viens avec moi sans faire d'histoires sinon les choses vont mal se terminer", dit-il dans un souffle à quelques centimètres de mon visage, avant de faire un signe aux cinq Italiens que je servais l'instant avant.

À ma grande surprise je m'aperçus qu'ils étaient des amis et des parents de Brian parce que tous se levèrent, se tenant prêts. Quand j'entraperçus la gaine d'une arme sous la veste de l'un d'eux, j'eus l'impression que la terre se dérobait sous mes pas.

"Ne le fais pas, je t'en prie", le suppliai-je, mortellement effrayée.

Le *Bridge* était ma famille et je ne pouvais pas accepter que l'un d'entre eux dût payer les conséquences de mon égoïsme, égoïsme qui m'avait poussé à chercher refuge dans ce lieu en dissimulant ma véritable identité.

"Alors viens sans faire d'histoires."

"D'accord", dis-je avec un filet de voix, cherchant Lorenzo du regard.

L'idée qu'ils puissent lui faire du mal me tuait.

Je n'aperçus que Sebastian qui, sans se faire remarquer, se dirigea à l'étage pour prévenir le patron, pendant que Jacob sondait tous les présents pour comprendre ce qui se passait et combien d'hommes d'Esposito étaient armés.

Par chance l'affrontement avec Brian n'était pas passé inaperçu !

Cette situation était irréelle parce qu'il semblait ne rien se passer en surface, alors qu'en réalité on était proches d'une fusillade qui pouvait tuer tous les présents.

Frank réussit à s'éloigner lui aussi et, avant de comprendre ce qui se passait, j'entendis l'alarme incendie sonner dans l'établissement.

J'entendis Brian hurler : "Ils nous ont découverts !" tandis que les clients paniqués se précipitaient vers la sortie.

Profitant de la foule agitée et inquiète qui se ruait vers les issues de secours, je tentai de me libérer de l'emprise de Brian, mais il était plus fort que moi.

J'essayai de m'y opposer, de chercher de l'aide, mais il y avait trop de monde et peu après Brian m'entraîna à l'extérieur, vers sa voiture.

J'essayai de résister quand il voulut me faire monter à bord.

"Monte tout de suite ou ça va mal finir !", me menaça-t-il en sortant un pistolet de la boîte à gants.

"Ginevra !" La voix de Lorenzo me parvint et je fus soulagée l'espace d'un instant.

Je le regardai : une fureur homicide pouvait se lire dans ses yeux posés sur Brian.

Je soupirai, attirant son attention : "Lorenzo". Mais Brian se plaça entre nous et me serra contre lui.

"Ne me dis pas que tu es la catin de Lorenzo Orlando !" s'exclama-t-il, à la fois amusé et scandalisé.

"Lâche-la Esposito !", lui intima Lorenzo qui s'approchait.

"Monte dans la voiture ou je lui place une balle entre les deux yeux. Je te le jure, aussi vrai qu'il y a un Dieu !" me glissa Brian à l'oreille.

Terrorisée je le suppliai : "Non, je t'en prie..." Je savais qu'il ne plaisantait pas et Lorenzo semblait désarmé. Il n'aurait jamais pu se défendre.

Pour bien marquer ses intentions, Brian arma le pistolet, prêt à se retourner et à faire feu sur Lorenzo.

"Je t'en prie, je ferai tout ce que tu voudras mais ne lui fais pas de mal", murmurai-je les larmes aux yeux. Je n'aurais jamais survécu au sentiment de culpabilité si l'homme que j'aimais était tué par ma faute.

L'instant d'après je me glissai dans la voiture, consciente que mon monde venait de se briser en mille morceaux.

23

LORENZO

J'avais cru mourir quand Sebastian était venu m'informer dans la chambre 3 que Brian Esposito était dans l'établissement, qu'il avait reconnu Ginevra et l'entraînait avec lui.

J'avais aussitôt fait déclencher l'alarme incendie parce que le sang allait couler si je n'intervenais pas immédiatement.

Malheureusement à cause de la confusion que cela engendra, j'avais mis plus de temps à sortir du Bridge et en voyant Ginevra en larmes et Brian qui la serrait contre lui, j'aurais voulu le descendre ; mais la crainte de blesser également Ginevra m'avait retenu de prendre l'arme placée derrière mon épaule et de lui tirer dessus.

J'avais perçu une douleur sourde, profonde et sans espoir dans le regard de Ginevra quand elle m'avait appelé.

Je voulais lui dire que tout irait bien, que je ne l'aurais jamais abandonnée aux mains des Rinaldi. À partir du moment où ils sauraient qu'elle s'était terrée pendant tout ce temps dans la maison d'un Orlando, il n'y aurait que la peine de mort comme punition contre elle, non sans lui avoir préalablement extorqué tout ce qu'elle savait par la torture.

Si je voulais sauver Ginevra, je devais faire l'impossible afin qu'elle ne franchisse pas le fleuve.

J'essayai de profiter du moment où elle pénétra dans la voiture pour avoir les mains libres vis-à-vis de Brian ; mais je dus m'enfuir devant les coups de feu qu'il tira sur moi et qui couvraient les cris de Ginevra.

Je n'eus que le temps de m'abriter derrière une voiture et, au moment où il sortait à toute allure du parking, je lui tirai dessus à mon tour.

J'atteignis Brian à l'épaule.

La voiture fit une embardée mais finit par partir.

Je rentrai précipitamment à l'intérieur pour prendre les clés de ma BMW.

Jacob comprit mes intentions : "Tu es fou ? Qu'espères-tu pouvoir faire ? Tu vas te faire tuer !", pendant qu'il tenait sous son feu l'un des hommes de main de Brian resté dans l'établissement.

Je ne lui répondis même pas. Je courus vers le garage et démarrai à vive allure tandis que Jacob ripostait.

"Merde !", hurlai-je désespéré lorsque je vis Brian traverser la *Safe River*.

Indifférent au danger je pénétrai dans la zone est de Rockart City.

Cela me prit un certain temps pour le rattraper car je ne connaissais pas les rues mais je savais où se trouvait la résidence d'Edoardo Rinaldi ; j'étais sûr que Brian n'allait pas perdre une seconde pour exhiber son trophée de guerre à son futur beau-père.

Mon intuition se révéla exacte.

J'entrevis la voiture de Brian au moment précis où le portail de l'énorme résidence des Rinaldi se refermait.

J'arrêtai ma voiture.

J'étais parti précipitamment à la poursuite de Brian, sans me préparer aux dangers à affronter lorsque je me serais introduit dans cette propriété.

La probabilité que je meure assassiné étaient très élevée.

De plus j'étais seul et, sans appui pour me couvrir, il était difficile de contrôler tout le périmètre.

Je tentai d'analyser la situation mais mon esprit me hurlait qu'il n'y avait pas une minute à perdre.

Si je n'intervenais pas tout de suite, Ginevra mourrait.

Qu'ils osent seulement lui faire du mal et je...

Cette pensée m'anéantissait.

Je comptai les munitions restantes tout en cherchant un endroit par lequel pénétrer sans me faire remarquer.

Ginevra je te sauverai, s'agirait-il de la dernière chose que j'accomplirais avant de mourir !

24

GINEVRA

À peine eus-je remis les pieds à la maison que mon père m'agressa : "Tu es la honte de la famille ! Tu ne mérites pas de porter mon nom !"

Grâce au coup de téléphone de Brian, toute la famille était présente pour mon retour.

Je n'attendais rien de leur part et en fait je n'eus droit ni à un salut ni même un simple "Tu nous a manqué. Nous étions inquiets...".

Rien.

Rien qu'une gifle de la part de ma mère, qui éclata en sanglots ensuite, me traitant de *traînée* après que Brian eût raconté que j'étais devenue la favorite de Lorenzo Orlando.

Puis ce fut le tour de mon père. Il avait le visage déformé par une grimace de dégoût et des flammes dans les yeux. La même chose se lisait sur le visage de Fernando.

"Comment as-tu pu t'unir à un Orlando ? Tu me dé-
goûtes", brailla mon frère au comble de l'indignation.
"Tu nous couvres de ridicule. Pour nous tu n'es qu'une
source de problèmes !"

"Tu ne mérites plus de faire partie de la famille !", se
joignit ma sœur Rosa. "Tu as même osé me voler !"

"Ce n'est pas l'argent qui te manque", répliquai-je, décidée à ne pas me laisser insulter davantage.

Notre mère se fâcha : "Comment te permets-tu de parler ainsi à ta sœur ?"

"Et vous, comment vous permettez-vous de me traiter
ainsi ! Je me suis enfuie par votre faute et me voici revenue ; mais votre attitude me fait comprendre à quel
point j'ai eu raison de m'en aller. Je suis arrivée au *Bridge*
sous de fausses apparences mais Lorenzo a immédiatement compris que je mentais. Toutefois il n'a jamais osé
lever la main sur moi et il m'a également défendu d'un
agresseur."

"Tu prends la défense d'un Orlando dans cette maison ?", s'écria, choqué, mon père.

Mon frère, furieux, s'écria : "Tuons-la !"

Mais notre mère le remit en place : "Calme-toi Fernando. Elle est toujours ta sœur malgré tout."

"Non, pour moi elle est morte à partir du moment où
elle a franchi la *Safe River*."

Mon père s'efforça de comprendre : "Je ne comprends
pas... Lorenzo Orlando savait-il ou non à qui il avait affaire ?"

"Il ne l'a découvert que plus tard."

"Et il ne t'a pas descendue ?"

"Il l'a mal pris mais il ne m'a rien fait."

"Il ne t'a même pas chassée ?"

"Non."

"Alors comment as-tu fait ? En échange de quelles informations as-tu obtenu la vie sauve ?", dit mon père, les yeux rétrécis et la mâchoire contractée.

"Aucune information. Il ne m'a jamais rien demandé et j'en ai fait autant avec lui."

"Ne mens pas !", gronda mon père en me décochant une nouvelle gifle qui me fit vaciller.

"Tu baisais avec lui, pas vrai ?", s'interposa Brian.

"Je l'aime", révélai-je dans le désarroi général.

"Aimer un Orlando est une abomination", murmura ma sœur, choquée.

"Vous ne vous seriez pas mariés par hasard ? Ou bien t'aurait-il fait signer des papiers ou...", s'inquiéta subitement mon père.

Je veillai à lui rassurer : "Non."

Brian s'anima de nouveau : "C'est moi que tu dois épouser !"

"Naturellement, autrement comment pourrais-tu régler tes dettes aux Orlando ?", le provoquai-je. Il en eut les yeux exorbités : il ne s'attendait pas à ce que je sache la vérité !

"Qu'est-ce que tu racontes ?"

"Brian n'a rien à voir avec les Orlando", intervint Fernando.

"Alors comment se fait-il qu'il soit toujours le bienvenu au *Bridge* lorsqu'il va s'amuser là-bas ? Ne m'aviez-vous pas appris que les Rinaldi et leurs alliés ne pouvaient pas mettre pied à l'ouest de Rockart City sans se faire descendre ?"

"Même si Lorenzo Orlando s'est éloigné de sa famille, c'est toujours un Orlando et son établissement est zone interdite pour nous."

"Alors comment Brian a-t-il fait pour entrer dans ce lieu, m'enlever et puis en repartir ?"

"On m'a tiré desssus !", me rappela Brian, montrant une blessure superficielle sur son épaule.

"Mais tu es encore en vie", répliquai-je calmement. Je ne savais pas ce qui allait m'arriver à présent mais mon intention était de semer le trouble entre ma famille et Brian.

L'expression dubitative de mon père me fit comprendre que j'avais atteint mon but.

"Brian, si Ginevra dit la vérité..."

"Ce n'est pas vrai. Elle est en train de vous manipuler pour vous obliger à annuler notre mariage !"

"Je ne t'épouserai jamais !", hurlai-je.

"Bien sûr que si", se raidit Brian.

Mon intention était de le détruire, tout comme il avait fait avec moi en me ramenant à la maison.

Je m'apprêtais à réagir et à raconter toute la vérité afin de lui causer du tort vis-à-vis de mes parents, quand j'entendis des coups de feu tirés à l'intérieur de la villa.

Lorenzo !

La pensée qu'il était à l'origine de cette fusillade me coupa la respiration.

Le cœur prêt à éclater dans ma poitrine, je me précipitai avec ma famille en direction de ce vacarme.

Nous parvînmes dans le salon central de la villa et je me sentis défaillir lorsque je vis Lorenzo qui se battait à mains nues contre trois gardes désarmés. Il était blessé au visage et perdait du sang de la bouche et du sourcil.

Mon père comprit, bouleversé : "C'est lui Lorenzo Orlando !"

J'essayai d'intervenir mais Brian me retint.

Quand je vis mon frère sortir son arme je hurlai pour l'arrêter, en vain.

Le coup partit et transperça la cuisse droite de Lorenzo.

Il s'effondra aussitôt, tombant à genoux, et les trois gardes se précipitèrent et lui lièrent les poignets.

Je crus devenir folle.

Hors de moi je frappai Brian de toutes mes forces et je m'interposai entre Fernando et Lorenzo avant qu'un autre coup de feu partît.

"Écarte-toi", s'écria mon frère, furieux.

"Non ! Ne le tue pas je t'en supplie. Il n'a rien fait de mal."

"Je te donne trois secondes pour t'enlever de là, après je vous descends tous les deux", me prévint Fernando en armant son arme.

Je regardai les yeux sombres de mon frère. Il parlait sérieusement et ses yeux brillaient d'une lueur sinistre qui me fit comprendre qu'il mettrait sa menace à exécution.

"Tu n'es pas sérieux !"

Il commença le décompte : "Trois... Deux..."

D'une voix pâteuse, Lorenzo me dit : "Ginevra, écarte-toi". Je me tournai vers lui un court instant. "Tout ira bien", me dit-il à voix basse mais je sentais qu'il me mentait. Je percevais sa douleur parce qu'il savait que c'était la fin et qu'il ne voulait pas que je me sacrifie pour lui.

"Je ne te laisserai pas mourir", lui dis-je m'effondrant sur lui et l'embrassant avec force. Malheureusement il ne put me rendre la pareille parce qu'il avait les mains liées et un garde m'écarta brutalement et me remit debout à l'écart de Lorenzo.

"Papa, je t'en prie. Je ferai n'importe quoi mais je t'en supplie, ne le tue pas. Épargne-le cette fois et je t'assure que Lorenzo ne remettra jamais les pieds à l'est de Rockart City."

"Je veux savoir pourquoi il est entré ici. Et ne me dis pas qu'il l'a fait pour sauver ma fille."

Mon père était trop suspicieux, insensible et dénué de scrupules pour comprendre ce qu'était l'amour et ce qu'on est disposé à faire lorsque l'on aime quelqu'un. Cependant il comprenait les valeurs de la famille même s'il avait toujours mal agi à mon égard.

J'improvisai. "Je suis enceinte. Lorenzo n'est pas venu pour moi mais pour son fils", m'exclamai-je, me portant les mains au ventre.

"Quoi ?!", hurlèrent simultanément mon père et mes frères tandis que ma mère s'asseyait sur un fauteuil avant de s'évanouir.

"Le sang des Rinaldi ne peut pas et ne doit jamais être mêlé avec celui des Orlando ! Tu es le déshonneur de la famille !", s'écria mon père, hors de lui après avoir encaissé le choc.

"Rénonce à tuer Lorenzo et je renoncerai à cet enfant. S'il te plaît, papa. C'est tout ce que je te demande. Je ferai tout ce que tu veux", le suppliai-je sans pourvoir retenir mes larmes.

"J'ai besoin de réfléchir. Une chose est sûre : je ne permettrai jamais à ton fils, qui porte le sang des Orlando, d'hériter l'empire des Rinaldi."

"Je renoncerai à tout ! Je te le jure !"

"C'est bien noté ! Gardes emmenez cet infâme ! Je m'occuperai de lui plus tard. Maintenant j'ai quelque chose de plus important à régler : j'ai un empire à sauver de la scélératesse de ma fille !" décida mon père à mon grand soulagement.

Lorenzo n'était pas libre, certes, mais il était sauf et cela me laissait le temps de trouver une solution.

J'essayai de m'approcher de lui une toute dernière fois, mais à peine eus-je effleuré sa veste qu'on m'entraîna du côté opposé.

Je l'appelai : "Lorenzo !", mais à ma grande surprise il ne daigna même pas se retourner, comme s'il avait voulu m'effacer de son champ de vision. Cependant j'étais sûre que c'était la douleur à la jambe qui le rendait faible et distant.

J'étais trop éprouvée pour réfléchir et comprendre que Lorenzo venait de recevoir un nouveau coup au cœur pour ce que je venais de dire.

25

GINEVRA

J'avais l'impression de devenir folle.

J'étais désespérée et impuissante.

Après qu'ils eurent emporté Lorenzo, j'avais prié et supplié mon père de le relâcher.

J'avais pleuré et hurlé jusqu'à demeurer sans voix, en vain.

Deux gardes m'avaient entraînée de force et enfermée dans la chambre que j'occupais lorsque j'habitais dans la villa.

Il me fut interdit de sortir de la maison et d'aller dans le jardin, ou jusqu'à l'ancienne annexe que j'occupais, sans un garde à mes côtés.

Le téléphone portable m'avait été confisqué et quelqu'un me suivait en permanence via les caméras de vidéo-surveillance dispersées dans la propriété.

Je dus attendre une journée entière avant de pouvoir parler à mon père.

Une journée au cours de laquelle j'eus l'impression de mourir à petit feu en pensant à ce qu'ils faisaient subir à Lorenzo.

L'avaient-ils soigné ou le frappaient-ils encore ? Était-il toujours en vie ? Lui donnait-on à manger et à boire ?

Mille questions se bousculaient dans mon esprit et je n'avais personne à qui parler, étant donné que tous refusaient de m'adresser la parole.

J'avais même essayé d'appeler à partir du téléphone fixe de la maison mais on m'avait surprise aussitôt.

Qui aurais-je pu appeler toutefois ?

On avait interdit à Maya d'avoir des contacts avec moi.

La police ? La police de Rockart City Est était corrompue et recevait des pots-de-vin de mon père.

Le maire ? Il aurait pu être l'homme de la situation, car il était extérieur à ma famille après le décret de la Maison Blanche ; mais je savais qu'il ne lèverait pas le plus petit doigt contre les Rinaldi ou les Orlando, de peur de mourir.

J'étais attristée de savoir que ma ville était la seule dont le maire fût nommé par la Maison Blanche, après les dizaines de démissions et d'homicides dans les rangs de ceux qui occupaient le poste de premier citoyen.

Longtemps la charge de maire avait été remplie alternativement par un Rinaldi ou un Orlando ; et à chaque fois il avait été assassiné par la famille adverse ou contraint à démissionner s'il ne voulait pas mal finir.

Le climat de terreur qui régnait était tel qu'à la fin, la Maison Blanche nous avait retiré le droit d'élire notre maire ; même ainsi les choses ne s'étaient guère améliorées.

Les deux familles n'avaient plus osé toucher le maire ainsi désigné pour ne pas se brouiller avec le président. En contrepartie aucun nouveau maire n'avait eu le courage de s'attaquer aux Rinaldi ou aux Orlando. Dans les faits, il s'agissait d'une personnalité fantoche de notre ville, un personnage sans réel pouvoir et dont la seule ambition était de survivre à son mandat.

Plus que jamais seule et désespérée, j'avais fini par accepter cette situation, sans rien faire en apparence, jusqu'à ce que mon père me fasse appeler.

"Signe ces papiers", s'écria mon père dès que je pénétrai dans son bureau.

"De quoi s'agit-il ?", m'enquis-je en prenant un stylo.

"Tu n'es pas digne du nom que tu portes. Tu as déshonoré toute la famille et avec ces documents j'éviterai que ton comportement indigne puisse nous causer du tort et altérer l'héritage de tes frères."

En feuilletant le dossier je compris : "Tu es en train de me déshériter."

"Je te retire toute possibilité d'avoir accès à la part de la société à laquelle tu aurais eu droit une fois mariée. Remercie ta mère si je ne te retire pas aussi l'usage de ton nom de famille."

Avec un grand soupir de soulagement je signai tous les documents.

Mon père s'en rendit compte, ce qui l'irrita profondément : "Je vois que la chose t'amuse." Il était convaincu que je l'aurais supplié afin de ne pas perdre ma part d'héritage et mon patrimoine.

"Tu m'ôtes un poids. Je sais que c'est incompréhensible pour toi mais ton argent ne vaut rien pour moi. Je déménagerai, je chercherai du travail et..."

"C'est inutile. Tu vas te marier bientôt..."

Interloquée je l'interrompis : "Quoi ?!"

"Ginevra, je ne te permettrai pas de ternir la réputation de notre famille avec une grossesse hors mariage. Brian s'est déclaré disposé à t'épouser malgré tout et à reconnaître l'enfant à naître comme sien."

"Je ne peux pas y croire..."

"Ni moi non plus. J'étais convaincu qu'il t'aurait obligée à avorter avant le mariage mais il a changé d'avis et m'a téléphoné ce matin pour me supplier de ne pas aggraver la situation."

J'éclatai de rire.

Brian était trop rusé et se trouvait dans une situation suffisamment précaire pour comprendre qu'il pourrait utiliser le fils de Lorenzo pour sauver sa peau auprès des Orlando, lorsqu'ils découvriraient de ce qui était arrivé à Lorenzo.

"Après avoir signé ces documents je peux t'assurer que Brian disparaîtra de la circulation et qu'on n'en entendra plus parler."

Mon père s'énerva :"Qu'est-ce que tu racontes ?"

"Je dis que tu es tellement aveuglé par ton désir d'avoir un débouché sur la mer dans la partie ouest de la ville que tu ne t'es pas rendu compte que Brian se servait de toi."

"Qu'en sais-tu ?"

"J'ai entendu certaines choses…", soupirai-je affichant un sourire énigmatique. Je sentais que la libération de Lorenzo n'était plus trop loin.

"Quelles choses ?"

"Tout dépend de ce que tu es disposé à me donner en échange de cette information."

"Tu me fais du chantage, à moi ? Je suis ton père !"

"Non, tu *étais* mon père", lui rappelai-je, montrant les papiers que je venais de signer.

"Je te permettrai de garder ton enfant", concéda-t-il avec un gros effort.

"Je ne suis pas enceinte", révélai-je avec un haussement d'épaules.

"Toi, sale menteuse… tu m'as menti."

"Si je ne l'avais pas fait, à cette heure Lorenzo et moi-même serions déjà morts."

"Qu'est-ce que tu veux ?"

"Je veux que tu libères Lorenzo."

"Jamais !", tonna-t-il en battant du poing sur le bureau.

"Alors oublie cette information."

Mon père brailla : "Petite gamine insignifiante. Tu crois vraiment me faire chanter et puis t'en tirer ? Même si tu es ma fille, je ne permettrai pas que tu te joues de moi. Maintenant tu me dis tout ce que tu sais ou ce bâtard de Lorenzo mourra avant ce soir". En ce moment précis, je vis combien mon père pouvait être dangereux et qu'il y avait une bonne raison s'il était parvenu à terroriser la moitié de la ville.

« Je t'en prie, ne le tue pas », le suppliai-je dans un filet de voix.

« Tout dépend de toi et de ce que tu me vas me dire ». C'était à mon tour de subir un chantage.

« J'ai juré de n'en jamais rien dire. »

« Parle si tu veux revoir ton amoureux », me menaça-t-il de manière expéditive.

« Entendu... Lorenzo s'est éloigné de sa famille, donc il ne sait rien des Orlando, mais Brian est venu deux fois au *Bridge* où il a toujours été reçu en ami. Je l'ai entendu se vanter devant Lorenzo d'avoir ta confiance et que je l'aurais épousé bientôt. »

« Fils de pute... », lâcha mon père qui commençait à percevoir le piège dans lequel il était tombé.

« J'ai demandé des éclaircissements à Lorenzo qui m'a expliqué que Brian a été surpris en train de faire la contrebande des mêmes marchandises que Salvatore Orlando ; à présent il doit payer son erreur. C'est la famille Orlando qui lui a demandé de t'approcher pour te convaincre de nous marier. Il a promis de céder à Salvatore Orlando la part dans ta société qu'il aurait obtenue avec notre mariage », révélai-je, ce qui fit blêmir mon père. « Tu aurais obtenu le port mais sa gestion est en réalité entièrement aux mains des Orlando. Esposito est propriétaire de la zone mais il ne la contrôle pas et tu te serais retrouvé les mains vides. »

« Je... Je ne te crois pas », bredouilla mon père, profondément troublé, même si j'étais sûre qu'il me croyait sur parole.

"Il suffira que tu lui dises que tu viens de me déshériter et qu'en m'épousant il n'aura plus sa part de ta société ni de place au conseil d'administration. Je suis sûre qu'il va se retirer. Et si tu veux lui donner le coup de grâce, dis-lui que je ne suis pas enceinte et qu'aucun enfant ne le protègera de la colère des Orlando."

"Qu'est-ce qui me dit que tu ne me mens pas de nouveau afin de sauver cet individu ?"

"Demande-lui directement."

"Je m'en charge."

"Promets-moi seulement de ne pas lui faire de mal."

"Tout dépend de sa volonté de collaborer."

"Papa, je t'en prie, c'est un Orlando et toi tu es un Rinaldi. Il ne collaborera jamais."

"Tant pis pour lui", ricana méchamment mon père.

"Je veux le voir !" demandai-je préoccupée et décidée à donner un peu de réconfort à mon âme souffrante.

"Non."

"J'ai fait tout ce que tu as voulu. J'ai signé les documents. J'ai rompu un serment..."

"J'ai promis de ne pas le descendre, pas de te le montrer."

Acculée au désespoir je l'agressai : "Qui me dit que tu ne l'as pas déjà tué ?"

"Personne."

"Montre-le moi. Même pendant cinq secondes. Tu me dois ça."

Il se fâcha davantage : "Je ne te dois rien !"

"S'il te plaît. Je ferai tout ce que tu voudras", le priai-je, les larmes ruisselant sur mon visage.

“Je veux que tu l’oublies pour toujours.”

“D’accord”, concédai-je en essuyant mes larmes.

“Entendu. Je te conduis auprès de lui. Mais si je vois quelque chose en toi qui éveille mes soupçons, je le descends.”

J’acquiesçai d’un signe de tête. Le regard inquisiteur de mon père me retint de dire ou faire quoi que ce soit.

Je savais que cette concession n’était pas le fruit de l’amour paternel, mais un examen pour comprendre si je le trahirais ou pas.

26

GINEVRA

Je suivis mon père.

J'essuyai mes larmes et retrouvai assez vite la force et la détermination nécessaires afin d'imaginer une stratégie valable pour sortir Lorenzo de là.

Je regardai autour de moi et, à ma grande surprise, je vis mon père se rendre aux cuisines. Il se dirigea directement vers la chambre froide et le garde-manger.

Je n'y avais jamais mis les pieds.

Au fond de la pièce se trouvait une porte gardée par l'un des gardes du corps qui s'écarta dès qu'il vit mon père.

Le garde nous ouvrit la porte avec une clé qu'il tenait dans le gousset de son gilet.

Une fois entrés nous descendîmes plusieurs marches.

L'atmosphère froide et moisie, comme celle d'une cave, me pénétra les os.

Je frissonnai et notai qu'il n'y avait pas de caméra de surveillance en ce lieu.

Ce qui se passait là ne devait pas être enregistré, apparemment.

Donc les oubliettes du château, que j'avais toujours imaginées, existaient bel et bien...

Nous parcourûmes une cavité taillée dans le roc, à l'extrémité de laquelle se trouvaient trois portes.

Une seule des trois était surveillée par deux gardes.

Encore une fois, et sans dire un mot, les deux gardes s'écartèrent en ouvrant la porte.

Je dus me retenir pour ne pas hurler ou vomir devant le spectacle qui s'offrit à mes yeux.

La pièce était sale et malodorante.

Lorenzo était inconscient, enchaîné sur une chaise et attaché par un double cadenas.

On l'avait battu sauvagement et il avait perdu du sang en abondance, si j'en jugeais par la flaque à ses pieds.

Sa blessure à la jambe avait été bandée superficiellement et le pansement était sale de sang et de poussière.

"Tu as des visites", lui dit l'un des gardes, assénant un coup de pied à sa jambe blessée.

Seul le gémissement de Lorenzo me fit comprendre qu'il était encore vivant.

Mon père me provoqua : "Comme tu vois ma fille, on prend bien soin de lui", décidé à me faire céder et à briser ce masque de froideur que j'utilisais contre lui.

"Oui, papa", répondis-je simplement.

Ce fut ma voix qui attira l'attention de Lorenzo, lequel ouvrit subitement les yeux. Mais dès que son regard ambré se posa sur moi, je sentis que la terre se dérobait sous mes pieds.

Dans ses yeux je ne lus qu'une haine profonde et une soif inextinguible de vengeance.

Lorenzo ne m'avait jamais regardée de cette façon. C'était comme si on arrachait de mon âme le dernier lambeau d'espoir d'être heureuse.

"Maintenant que tu l'as vu, tu peux t'en aller Ginevra. J'ai besoin de rester en tête-à-tête avec ce cher Lorenzo. Il y a encore quelques points que j'aimerais éclaircir", m'avertit mon père, faisant signe au garde de m'emmener.

J'aurais voulu me précipiter vers Lorenzo pour le libérer, l'embrasser, le soigner, lui dire que je l'aimais profondément et que j'étais prête à tout pour lui, mais je ne le pouvais pas.

Je savais qu'un seul faux pas de ma part pouvait lui coûter la vie, chose que je ne me serais jamais pardonnée pour le restant de mes jours.

De peur de fondre en larmes ou d'agir impulsivement, ce qui aurait éveillé les soupçons de mon père, je me limitai à faire signe que oui et sortis de la pièce escortée par un garde.

Au moment où j'allais quitter les cuisines, j'entendis le chef appeler mon escorte.

"Charlie, les *sandwichs* sont prêts. Tu les apportes aux autres ?", lui dit le cuistot en indiquant un plateau chargé de *hamburgers* et d'une carafe d'eau minérale.

“Oui, j'accompagne mademoiselle Rinaldi jusqu'à sa chambre et j'y vais.”

Une petite lueur s'alluma dans mon cerveau : “Non attends. J'ai faim moi aussi et je veux manger !”, improvisai-je. “Ces derniers temps vous ne m'avez refilé que de la nourriture écœurante. Je vais vous montrer à présent ce que cuisiner veut réellement dire.”

“Vous n'avez pas le droit de rester ici.”

Je me fâchai, simulant la colère et l'arrogance : “Demande-le à mon père ! Je suis sûre qu'il ne m'interdira pas de me préparer une tarte salée aux légumes ou une salade de tofu !”

Je dus attendre mon père et, à la condition expresse d'accepter d'être surveillée par une domestique et un garde, et l'interdiction de toucher un couteau, j'eus le feu vert pour rester en cuisine.

Je cuisinai toute la journée, déballant des recettes à la suite les unes des autres.

M'occuper desserrait l'angoisse qui m'étreignait en pensant à Lorenzo et à ce qu'on lui faisait subir en ce moment.

Par ailleurs j'avais compris l'organisation des tours de garde et les repas des gardes.

À midi et à sept heures du soir étaient préparés des *sandwichs* et des salades pour ceux qui finissaient leur service trois heures plus tard.

Enfin j'avais su que l'un des gardes était cœliaque et que le préposé à la vidéosurveillance, installé dans la pièce où se faisaient les enregistrements, était allergique aux œufs, donc on remplaçait la viande de bœuf dans son *sandwich* par du thon. Je dus attendre deux jours pour élaborer un plan et comprendre comment libérer Lorenzo sans me faire remarquer.

Les heures étaient comptées car je savais que mon père avait obtenu ce qu'il voulait, donc il ne restait que peu de temps avant qu'il se débarrasse définitivement de Lorenzo.

J'attendis le soir où se réunirent l'ensemble de la famille et tous les autres membres du Conseil pour évoquer les dernières nouvelles et discuter de l'attitude à adopter concernant Brian, maintenant que la vérité avait éclaté au grand jour.

Les cuisines étaient en ébullition et je restai sur place pour préparer un met délicat pour les invités, bien que je me doutais que le chef ne le servirait jamais à table.

Je mis immédiatement la casserole pour cuire les *gnocchis* de pomme de terre que j'avais préparés.

Je cuisinai comme d'habitude, sans mettre la puce à l'oreille du garde ni de la domestique qui me surveillaient.

Puis je me courus égoutter les *gnocchis* afin de ne pas être un obstacle pour les autres.

Un nuage de vapeur s'éleva et, dans l'agitation, je hurlai, faisant semblant de m'être ébouillantée la main.

La domestique intervint tout de suite : "Que se passe-t-il ?"

"Je me suis brûlée ! Ça ne se voit pas, pauvre idiote ? Prépare-moi tout de suite un bandage et quelque chose

pour calmer la douleur", criai-je, faisant semblant de gé-
mir, la main droite sous le robinet d'eau froide comme
si je cherchais un soulagement.

En une seconde la femme courut prendre la trousse de
premier secours.

Une de moins !

"Montrez-moi la brûlure", demanda le garde en s'approchant.

"Bon Dieu, tu ne vois pas que tu es dans les pattes !",
hurlai-je comme une possédée, lui faisant noter les allers
et retours frénétiques du personnel qui servait les plats
à table.

Il y avait beaucoup d'animation parce qu'il y avait
vingt convives à servir et mon accident avait quelque
peu perturbé le service.

Le garde s'éloigna et partit à la recherche de la domestique en quête de la trousse de premier secours.

Je mis à profit cette brève fenêtre de liberté pour m'approcher des sandwichs qui allaient être remplis par les
hamburgers destinés aux gardes.

Je prélevai de ma poche le somnifère de ma mère, que
j'avais demandé la veille en simulant des troubles de
sommeil.

Je l'avais haché finement et en parsemai rapidement les
sandwichs que les gardes de Lorenzo allaient manger,
ainsi que le type de la salle de vidéosurveillance.

Je n'eus que le temps de le faire parce que la domestique arriva sur ces entrefaites.

Je la laissai étaler de la crème sur la brûlure et me ban-
der la main.

J'avais noté le regard sceptique de la femme pendant qu'elle soignait ma main, en parfait état et pas le moins rougie par la chaleur, mais elle n'osa rien dire.

D'ailleurs j'étais encore la fille du grand chef et ce n'était pas le moment de me contrarier si elle voulait conserver son emploi.

"Merci. Peux-tu t'occuper des *gnocchis* ? Je ne me sens plus capable de cuisiner", lui proposai-je abattue.

"Certainement, mademoiselle."

J'inventai une excuse pour rester sur place : "Je reste ici seulement pour vérifier que la sauce ne soit pas gâtée". Je n'aurais pas quitté les cuisines avant que ces *sandwichs* saupoudrés de somnifère parvinssent aux intéressés.

Il fallut plus d'une heure avant que la chose se fît mais je demeurai calme dans mon coin et, à la fin, le garde lui-même se laissa distraire.

"Je vais me reposer. Je suis épuisée", annonçai-je lorsque je vis les sandwichs partir vers leurs destinataires respectifs.

Comme toujours, à peine sortie des cuisines, le garde me quitta et je me dirigeai vers ma chambre.

Je restai allongée une demi-heure sur mon lit avant de redescendre au prétexte que j'avais faim.

Je me rendis aux cuisines.

Je notai que personne ne me suivait et que nul ne me prêtait attention.

Ils étaient tellement habitués à me voir que personne n'avait remarqué que j'étais seule.

Sans attirer l'attention je me dirigeai vers le garde-manger où je trouvai, endormi sur une chaise, le garde préposé à la surveillance de l'entrée des souterrains.

Je jetai un coup d'œil alentour pour vérifier si quelqu'un me surveillait mais j'étais seule.

M'encourageant à l'idée que le type de la salle de vidéosurveillance dormait également, je tirai les clés du gilet du garde et ouvris la porte.

Je courus au bas des escaliers à en perdre haleine, sentant l'adrénaline qui pulsait dans mes veines.

Parvenue en bas je ralentis, avant de voir les deux gardes étendus sur le sol devant la cellule de Lorenzo.

Troublée et effrayée mais chargée d'énergie et de courage, je m'emparai des trousseaux de clés dans les poches des deux hommes et, après quelques tentatives, je parvins à ouvrir la porte.

Lorenzo se trouvait au même endroit où je l'avais vu deux jours auparavant mais les blessures sur son corps étaient plus nombreuses. Tout comme les flaques de sang au sol.

"Lorenzo !", murmurai-je à voix basse de peur de réveiller les gardes. "Lorenzo, c'est moi, Ginevra. Réveille-toi je t'en supplie... Nous devons partir d'ici avant que mon père..."

Il m'interrompit à l'instant : "Ton père, hein ?", relevant la tête, son regard féroce me cloua sur place.

"Lorenzo, je t'en prie... Je t'expliquerai tout mais nous devons nous enfuir maintenant", répondis-je, incapable de l'affronter en cet instant.

Les clés les plus petites ouvrirent les cadenas.

Je défis les chaînes et libérai finalement Lorenzo.

J'aurais voulu le serrer contre moi et l'embrasser mais son regard chargé de haine me paralysa lorsque je tentai de m'approcher de lui.

27

LORENZO

Je ne suis pas la Ginevra Rinaldi que tu crois.

Comment avais-je pu être aveugle et stupide au point de ne pas le comprendre ?

Et pourtant j'avais compris dès le début que Ginevra me causerait des ennuis. Mes sens étaient en alerte quand je l'avais croisée dans mon établissement et plus encore lorsqu'elle m'avait demandé de l'héberger pendant quelques jours.

Tous mes signaux étaient en alerte mais j'avais choisi de les ignorer.

J'avais préféré leur tourner le dos et me boucher les oreilles devant ses mensonges et ses demi-vérités.

J'avais décrété que mon attitude soupçonneuse était dictée par l'éducation transmise par mon père.

J'avais ignoré mon instinct infaillible et les avertissements de Jacob.

Et tout ça pour quoi ?

Pour une femme qui avait profité de ma faiblesse et de mes sentiments pour me briser.

Elle avait été plutôt habile dans l'art de me manipuler, en laissant planer l'ombre de quelques doutes afin que je n'atteigne jamais la vérité.

Pourtant je l'avais bien perçue, la vérité !

Et puis elle débarquait, avec sa fragilité feinte et son amour digne de Judas.

Oui, je m'étais laissé embobiner comme une vulgaire marionnette.

Et à présent j'allais payer ces erreurs de ma vie.

Toutefois la mort m'insupportait moins que la douleur que j'éprouvais pour cette trahison.

À chaque fois que je revoyais Ginevra qui se précipitait vers moi quand ils m'avaient capturé, je sentais mon cœur battre impétueusement, désespéré de ne pouvoir la sauver. Mais lorsqu'elle avait prononcé ce mot, *papa*, c'était comme si la flamme de la vie s'était éteinte en moi

Je ne pouvais plus la regarder dans les yeux parce que j'étais trop bouleversé ; ses hurlements pour demander ma libération et m'appeler s'étaient estompés, si lointains et tellement dénués de sens que je croyais avoir perdu connaissance. Seule la douleur à la jambe m'avait fait comprendre que j'étais parfaitement conscient.

Il me fallut une journée entière pour me rendre compte de la situation. La chose la plus cruelle était que je croyais en elle envers et contre tout.

Oui, une partie de moi-même lui faisait confiance et voulait croire que l'histoire de la grossesse ne fût qu'une invention pour gagner du temps, mais ensuite...

Je l'avais revue : pas l'ombre de douleur ni de compassion sur son visage. Elle n'avait rien dit et était restée collée à son père pendant tout ce temps.

Ce fut leur proximité qui fit que je me rendis compte de leur ressemblance.

Tel père, telle fille.

Je sentis la trahison me dévorer davantage les entrailles et, quand Ginevra fut escortée à l'extérieur, Edoardo Rinaldi s'était approché de moi et m'avait dit ce que lui avait raconté sa fille à propos de Brian Esposito, rompant son serment. Alors je vis la vérité en face : Ginevra n'était pas la femme que j'imaginais.

Non, elle n'était qu'un monstre qui n'avait pas hésité à se servir de moi et à frapper là où ça faisait le plus mal.

J'avais aimé une illusion et la conscience de ce fait me brisa définitivement.

Deux jours avaient passé et, malgré les violences et les mauvais traitements qu'on m'avait fait subir, l'unique chose à laquelle je pensais était Ginevra.

Je ne croyais plus à rien.

Je me demandai même si elle était vraiment enceinte et, si c'était le cas, de qui l'enfant à naître pouvait-il bien être ? Certainement pas le mien étant donné que j'avais toujours mis des préservatifs.

J'étais encore perdu dans ces pensées qui alternaient avec les élancements de douleur, quand je vis s'ouvrir la porte de mon cachot.

Je ne m'attendais pas à voir Ginevra en face de moi.

Elle était très agitée et apeurée, mais décidée à obtenir ce qu'elle voulait.

Je la laissai faire mais la fulminai du regard quand elle esquissa un sourire et voulut m'embrasser.

"Peux-tu marcher tout seul ?", me demanda-t-elle en hésitant, me soutenant avec un bras et s'efforçant de me toucher le moins possible.

J'étais profondément endolori et sans forces mais, avec l'aide de Ginevra, je parvins à me lever et à marcher jusqu'à la sortie où je vis les deux gardes allongés par terre. Ils semblaient endormis.

Était-il possible que Ginevra fût parvenue à droguer ses propres surveillants ?

Pourquoi voulait-elle me sauver ?

Je doutais qu'elle agît ainsi à cause d'un remords de conscience.

"Nous devons traverser les cuisines mais personne ne devrait faire attention à nous", m'expliqua-t-elle, mais je l'arrêtai.

Méchamment arrangé comme je l'étais, n'importe qui m'aurait remarqué.

Je l'arrêtai : "J'ai une idée", et je commençai à me déshabiller.

"Que fais-tu ? On n'a pas le temps !", s'inquiéta-t-elle mais je ne l'écoutai pas.

Je dévêtis le garde dont les mensurations étaient les plus proches des miennes et enfilai ses vêtements ; je pris également son arme.

Entretemps Ginevra avait tiré un mouchoir qu'elle imbiba d'eau minérale.

Notant mon brusque écart quand je vis qu'elle s'approchait de mon visage, elle expliqua : "Je veux simplement nettoyer tes blessures."

Je la laissai faire.

"Mon Dieu comme ils t'ont amoché", dit-elle d'une voix brisée et les yeux emplis de larmes.

Je réagis avec énervement à sa fausseté : "Ne me touche pas". S'imaginait-elle que j'allais croire à ses larmes de crocodile ?

Je pris brusquement le morceau de tissu de ses mains et nettoyai tant bien que mal mon visage, puis je la suivis dans un long couloir.

J'avais du mal à marcher à cause de cette blessure à la jambe mais je refusai de me faire aider par cette vipère venimeuse et hypocrite.

Parvenus au niveau supérieur, je vis un autre garde, drogué, assis sur une chaise.

"Suis-moi comme si tu étais mon escorte. Mon père me colle toujours quelqu'un quand je me déplace dans la maison donc personne ne fera attention à toi", me dit-elle à voix basse.

Sans sourciller nous traversâmes les cuisines et effectivement, personne ne prêta attention à nous.

Puis je vis Ginevra se diriger vers l'extérieur.

Immédiatement un garde nous bloqua.

"Je dois me rendre chez le gynécologue pour avorter... Mon père ne t'a donc rien dit ?", s'exclama-t-elle d'une voix irritée et agacée.

"Je l'accompagne", m'interposai-je en prenant la jeune femme par le bras et l'entraînant vers le garage avant que le garde ne pose d'autres questions.

Je dus faire un effort notoire pour ne pas boîter à cause de la douleur à la jambe.

Nous y croisâmes un chauffeur occupé à faire briller le capot d'une Maserati.

J'aurais dû le descendre mais le bruit aurait attiré l'attention.

Essayant de ne pas trop me faire remarquer je me glissai dans la voiture et, à ma grande surprise, Ginevra en fit autant.

J'allais lui dire que je m'en sortirais seul et qu'elle pouvait me laisser mais dès que mes yeux se posèrent sur elle, je ressentis des douleurs à l'estomac.

J'avais faim.

Faim et soif de vengeance.

Je me tus et démarrai la voiture.

Aussitôt le chauffeur se plaça devant pour nous empêcher de sortir.

J'appuyai sur l'accélérateur.

L'homme ne s'écarta pas et à la fin je le renversai au milieu des cris de terreur de Ginevra.

En quelques instant nous arrivâmes au portail où deux gardes nous intimèrent de nous arrêter.

"À mon signal, va dans la salle de contrôle et appuie sur le bouton d'ouverture du portail", lui ordonnai-je.

Elle s'inquiéta : "Je ne peux pas. Les gardes me bloqueraient et...", mais je ne l'écoutais plus parce je descendis les deux gardes d'un coup de feu à la tête avant qu'elle ne termine sa phrase.

"Dépêche-toi !", hurlai-je pour la secouer de son choc.

Ginevra obéit mais, en remontant dans la voiture, elle tremblait.

Pour appuyer sur le bouton elle avait dû écarter le garde mort, affalé sur le panneau de commande, et sa main était maculée de sang.

"Tu n'aurais pas dû les tuer", bégaya-t-elle horrifiée. Il était clair qu'elle n'était pas habituée à la vue du sang.

Selon toute vraisemblance son petit papa chéri l'avait tenue à l'abri, bien loin de tous ses crimes.

Je me limitai à lui répondre, avec une inflexion sarcastique et aigrie en employant son nom de famille : "Soit moi, soit eux, mademoiselle Rinaldi."

L'idée d'avoir à mes côtés la fille d'Edoardo Rinaldi, l'homme qui avait exterminé ma famille, me retournait l'estomac.

Je ne parvenais pas à croire que j'avais couché avec elle et que j'en étais arrivé à lui confesser que je l'aimais.

Heureusement que ce sentiment avait été effacé de mon cœur à l'instant où j'avais découvert la vérité.

Malgré la blessure à la jambe je gardai le pied appuyé à fond sur le champignon.

Tout le voyage fut une course éperdue avec poursuite et coups de feu en provenance de la petite armée privée des Rinaldi.

J'espérais que le fait que Ginevra fût à bord de la voiture les rendît prudents mais, visiblement, Edoardo n'allait pas pardonner facilement à sa fille et voulait sa ruine.

À un certain point je répondis aux coups de feu et demandai à Ginevra de tenir le volant. Mais juste à cet instant un projectile traversa la vitre arrière et frappa le bras tendu de Ginevra, la faisant hurler de douleur.

"Merde", hurlai-je, reprenant le volant. "Est-ce que ça va ?"

Ginevra fondit en larmes : "Ça ne finira donc jamais, pas vrai ?", se tenant le bras pour arrêter l'hémorragie.

"C'est de ta faute ! C'est toi qui es à l'origine de tout ceci !" explosai-je en colère.

Oui, j'étais furieux.

Furieux parce que je ne parvenais pas à distancer nos poursuivants.

Furieux parce que Ginevra avait été blessée.

Et par dessus tout, furieux contre moi-même parce qu'elle importait encore à mes yeux.

"Je sais", chuchota-t-elle faiblement, se blottissant sur le siège pour échapper aux rafales d'arme à feu.

Par chance, à un moment donné, à deux kilomètres du pont, je vis des voitures noires venir dans notre direction avec des hommes armés aux fenêtres, qui répliquaient à nos poursuivants.

L'un des conducteurs était Sebastian.

Dès que je le croisai j'entendis sa voix m'apostropher.

"Tire-toi ! On s'en occupe."

"Je ne voulais pas ça. Je te jure, je... je ne pensais pas que tout ceci arriverait... J'ai été stupide", pleura Ginevra quand elle vit les deux factions se s'affronter et se détruire sous nos yeux.

Je savais que cet affrontement allait causer beaucoup de morts et les conséquences en seraient terribles pour nos familles respectives.

J'appuyai davantage sur l'accélérateur et ce ne fut qu'après avoir traversé la *Safe River* que je me sentis en sécurité.

Je me garai devant le *Bridge*.

Je tirai un soupir de soulagement.

J'étais enfin revenu à la maison.

Vivant.

Grâce à...

Non, j'étais vivant et rien d'autre.

Je n'allais plus permettre à cette femme d'occuper mon esprit.

Ginevra me suivit.

Elle était bouleversé, déboussolée, mais elle aussi, en pénétrant à l'intérieur du *Bridge*, sourit heureuse.

C'était comme si elle-même était rentrée à la maison.

"Lorenzo !" s'écria Jacob, euphorique, courant vers moi pour m'embrasser.

"Ginevra !", s'exclama Marielle, soulagée et se dirigeant vers elle.

"Vous êtes sains et saufs. Comment avez-vous fait ?", me demanda Jacob. "Dès que nos avons entendu cette fusillade à l'est de Rockart City, Sebastian a battu le rappel de tous les hommes disponibles. Il était convaincu que tu en étais la cause et il a voulu t'aider."

"J'ai pu m'échapper grâce à un peu de chance."

"Nous ne savions pas comment faire pour te libérer. Nul ne savait si tu étais encore en vie et..."

"Jacob, c'est fini."

"Oui. Tu ne peux pas savoir à quel point j'étais inquiet. J'en étais arrivé à...", m'expliquait-il, lorsque j'entendis crier Marielle, troublée.

"Ces bâtards ! Comment ont-ils pu tirer sur mon trésor !"

Ginevra s'efforça de la calmer : "Ce n'est qu'une blessure superficielle."

"Je te conduis dans ta chambre et je te soigne comme il faut", s'activa immédiatement Marielle.

Je l'arrêtai avec sévérité : "Ginevra recevra l'accueil qu'elle mérite !"

"Que veux-tu dire ?", s'interposa Jacob, l'air sombre.

"Je dis que la pièce du sous-sol lui conviendra parfaitement."

"*Cette* pièce ?"

"Oui, précisément", confirmai-je. "Accompagne notre invitée. Pendant ce temps je vais me changer."

"Tu plaisantes ? Je croyais qu'elle t'avait aidé à t'enfuir", s'anima Jacob, incrédule.

"Oui c'est exact, mais ça ne change rien au fond. Contente-toi d'exécuter mes ordres et accompagne notre invitée dans sa nouvelle suite. Comme je viens de dire,

cette pièce est tout à fait digne de la fille d'Edoardo Rinaldi."

Sans voix, mon ami s'adressa à elle : "Mon Dieu, es-tu
vraiment la fille d'Edoardo Rinaldi ?"

"Oui", déclara-t-elle au milieu de la surprise générale.

28

GINEVRA

"Je suis la fille d'Edoardo Rinaldi", confirmai-je à la surprise générale.

"Ce n'est pas possible…" murmura Jacob, bouleversé.

"Je sais. Je ne suis pas handicapée et je ne souffre pas de toutes les tares que tu as entendues sur mon compte."

"Comment as-tu pu venir au *Bridge*, sachant qui tu es !", m'apostropha Jacob.

"Demande-toi plutôt *pourquoi* j'en suis venue à me réfugier ici ! Crois-tu qu'il ait été simple pour moi de quitter ma famille pour essayer de la fuir ?"

"Tu es une Rinaldi ! Une héritière !" s'écria Jacob.

"Oui malheureusement."

"Tu ne dois pas rester ici. Ceci va faire sauter tous les accords et traités de paix."

"Je ne tiens pas à revenir en arrière."

"Exact, tu ne reviendras pas", intervint Lorenzo avec un regard homicide, pointant son arme contre moi. "Je vais m'assurer que tu ne sortiras d'ici qu'entre quatre planches."

Je le regardai fixement dans les yeux et je n'y vis que haine et la pointe d'une cuisante douleur. Il s'était senti trahi et je ne pouvais pas lui donner tort.

"Je sais comment cela finira, Lorenzo. Nous le savons tous les deux. Quand un Rinaldi rencontre un Orlando les choses se terminent toujours de la même façon : avec la mort de l'un des deux. Je ne mentais pas en disant que je t'aimais et que jamais je n'aurais pu te tuer. Tu ne sais pas ce que j'ai enduré pendant des jours sans savoir si tu étais encore en vie."

"Tais-toi !", hurla Lorenzo, armant son pistolet et le dirigeant vers ma poitrine.

Je renchéris : "Tue-moi, Lorenzo. C'est depuis que tu as découvert ma véritable identité que tu attends de pouvoir le faire. Je me trompe peut-être ?". J'étais anéantie. Je venais de perdre définitivement ma famille et je devenais une cible à abattre après ce que j'avais fait à mon père. Et maintenant je perdais l'homme que j'aimais.

Sans Lorenzo, que me restait-il ?

Rien !

Pas même l'envie de vivre.

"Si tu ne le fais pas, ma famille s'en chargera", dis-je calmement, restant sur place, le métal froid de l'arme appuyé contre ma peau.

Toujours suspicieux à mon égard, Jacob intervint : "Edoardo ne descendrait jamais sa progéniture. Tu es l'héritière de son empire et il fera l'impossible pour te sauver."

"J'ai échangé mon héritage contre la vie de Lorenzo. J'ai été déshéritée et j'ai dû négocier la vie de Lorenzo jour après jour. D'abord avec un mensonge sur ma grossesse pour gagner du temps, puis en renonçant à ma part d'héritage, enfin en rompant mon serment pour révéler à mon père les machinations de Brian Esposito. Tout ceci pour te sauver, Lorenzo."

"Je ne croirai plus jamais ce qui sort de ta bouche."

"Je ne peux pas te blâmer Lorenzo mais je tiens à te rappeler qu'à la fin je t'ai dit la vérité. C'est toi qui n'as pas voulu me croire."

"Non, tu es toujours restée dans le vague. Je ne t'ai jamais entendue dire clairement que tu étais la fille d'Edoardo Rinaldi !", brailla Lorenzo avec férocité.

"J'avais peur de te perdre. Pourras-tu jamais me pardonner ?"

"Emportez-la loin de mes yeux avant que je la descende", dit Lorenzo dans un grognement, les yeux rétrécis, se grattant nerveusement la barbe.

"Non !", tenta de d'opposer Marielle effrayée tandis que Jacob m'emportait sur ses épaules à l'étage inférieur.

"Tout ira bien", la rassurai-je avec un sourire.

"Occupe-toi de Lorenzo maintenant. Ils lui ont logé une balle dans la jambe et il doit être soigné le plus vite possible. Et dis au chef de lui cuisiner ses plats favoris : ils ne lui ont pas donné à manger pendant qu'il était prisonnier. Il a besoin de récupérer et de se reposer."

Même si Lorenzo me haïssait en cet instant, je ne cessais pas de m'inquiéter pour lui.

"Crois-moi, je ne voulais pas te faire subir ceci", me glissa Jacob à l'oreille en m'emportant dans la cave à vins, poursuivant son chemin dans un couloir jusqu'à une pièce similaire à celle où ils avaient enfermé Lorenzo dans ma maison.

"Ne t'inquiète pas. Promets-moi seulement de t'occuper de Lorenzo et de toujours le protéger", lui dis-je.

Jacob me sourit brièvement.

C'était la première fois que cela arrivait.

Il avait toujours été le plus méfiant et soupçonneux de l'entourage de Lorenzo ; en ce moment je sentais qu'il était de mon côté.

J'avais sauvé son meilleur ami et j'avais toute sa reconnaissance.

29

LORENZO

Pour la enième fois, je répétai à l'intention de Jacob et des autres : "Ginevra restera là où elle se trouve."

"Merde, Lorenzo, cette fille t'a sauvé la vie. Mes sources ont confirmé tout ce qu'elle a dit et elle ne plaisantait pas quand elle disait d'Edoardo Rinaldi veut sa mort", s'énerva Sebastian.

"Cela fait deux jours qu'elle séjourne dans ce trou à rat sans se plaindre, malgré les interrogatoires que nous lui faisons subir. Elle nous a dit tout ce qu'elle savait et la raison pour laquelle elle s'était réfugiée ici. Allez Lorenzo, cette fille n'était qu'un paria pour son père ! Je ne peux pas la critiquer pour ce qu'elle a fait ! Ils voulaient même la contraindre à épouser Brian !"

"Je sais", soupirai-je, la tête qui palpitait douloureusement. J'avais assisté à tous les interrogatoires que Jacob et Sebastian lui avaient fait subir. J'étais toujours resté à l'écart, refusant de lui parler, de croire tout ce qu'elle nous disait.

Toutefois je ne pouvais pas nier l'évidence.

Tout ce que je savais d'elle prenait un sens maintenant.

C'était comme si toutes les pièces du puzzle avaient finalement trouvé leur place définitive.

Et cependant je ne parvenais pas à oublier la douleur profonde que j'avais éprouvée lors de la découverte de sa véritable identité.

Une Rinaldi ! Jamais je n'aurais pu aimer une Rinaldi !

"Si tu ne veux pas la libérer, alors descends-la avant que tout ton personnel se ligue contre toi car ils sont très attachés à Ginevra et sont opposés à ce que tu lui fais subir", me provoqua Jacob avec un ton de défi qui m'énerva au plus haut point. Il avait toujours été le plus méfiant d'entre tous à l'égard de Ginevra et, depuis qu'elle m'avait sauvé, il ne faisait que la protéger et la justifier auprès de moi.

"Crois-tu que je n'en serais pas capable ?"

Me tendant son arme, il me mit au défi : "Prouve-le."

Je pris l'arme sous l'impulsion de la colère. Jamais je n'aurais laissé mon bras droit se moquer de moi.

Je m'apprêtais à descendre quand j'entendis un coup de feu, un hurlement, et je vis Randy accourir essoufflé. Il était terrorisé et m'indiqua la pièce où se trouvait la prisonnière.

Ginevra !

Instantanément mon sang se figea dans mes veines.

S'il lui arrivait quelque chose...

J'en mourrais.

Je courus et, parvenu au souterrain, je fus accueilli par les éclats de rire d'un homme qui s'amusait à tirer sur

Ginevra, laquelle essayait de s'abriter tant bien que mal, sans succès parce qu'il n'y avait pas d'abri dans cette pièce de cinq mètres sur cinq.

"Dépose ton flingue ou je te descends", intervins-je en appuyant le canon de mon arme sur la nuque de l'individu.

"On m'a rapporté que tu avais du mal à finir la besogne et je suis venu te donner un coup de main", ricana l'homme sans abaisser son arme.

"Je m'en occupe. Ici tu es chez moi et tu n'es pas le bienvenu, papa", dis-je les dents serrées quand ses yeux d'ambre croisèrent les miens.

"Je m'en vais mais tue-la d'abord. C'est une Rinaldi et je veux qu'elle meure après ce qu'elle t'a fait. Jacob m'a tout raconté."

"Va-t-en", criai-je furieux contre lui et contre mon ami : celui-ci en était arrivé à demander de l'aide à la seule personne avec laquelle je ne voulais plus avoir à faire.

"Tu connais bien la règle entre les Rinaldi et les Orlando, n'est-ce pas ?"

"Oui."

"Alors pourquoi est-elle encore en vie ?"

"Elle est à moi", affirmai-je avec détermination, laissant mon père interloqué un bref instant.

"Tu ne serais pas tombé amoureux d'elle..."

"Cela ne te regarde pas."

"Alors descends-la."

"Non."

"Non ?!"

"Non."

"Lorenzo, je te connais bien et je n'aime pas ce que je vois", pontifia mon père qui comprit qu'il y avait un lien fort entre moi et Ginevra, si j'avais décidé de la protéger jusqu'à pointer une arme sur mon père.

"Non, papa. Sept années ont passé et tu ne sais plus rien de moi ni de ma vie."

"Que tu dis ! Crois-tu que je ne t'aie pas à l'œil ? Crois-tu que je ne sache pas que tu aimes cette femme au point de faire des folies pour elle ?"

"Ce n'est pas vrai."

"En es-tu si sûr ?", me défia-t-il, une lueur de malice dans les yeux.

"Oui."

"Nous allons le voir tout de suite", dit-il avec un sourire sinistre, armant son pistolet et le pointant vers Ginevra.

Je compris : "Que veux-tu papa ?", car il ne faisait jamais rien gratuitement.

"L'héritage de ta belle pour commencer."

"Elle a été déshéritée. Elle n'a plus rien."

"Encore une fille qui renonce à son héritage en échange de la liberté, hein ? Je comprends à présent pourquoi elle te plaît tant : vous vous ressemblez tellement."

"Pose cette arme", lui ordonnai-je d'une voix féroce.

"Si je ne peux pas l'avoir, alors je te veux toi."

"Quoi ?"

"Reviens à la maison. Reprends ta place en tant que mon héritier et je te promets que nul n'osera toucher à cette femme."

"Tu peux l'oublier."

"Soit tu acceptes mes conditions, soit je l'abats. Ou moi ou elle, Lorenzo. À toi de choisir qui tu dois descendre. Ton père ou la femme que tu aimes ?"

"Je ne l'aime pas", déclarai-je furieux devant cet ultimatum, mais également contre moi-même parce que la phrase que je venais de prononcer sonnait faux à mes oreilles.

La voix de Ginevra était faible et mal assurée mais elle me parvint : "Lorenzo, je ne veux pas que tu tues ton père pour moi. S'il te plaît, abaisse ton arme et laisse que mon destin s'accomplisse. Quoique je veuille l'oublier, je serai toujours une Rinaldi et je ne pourrai jamais faire partie de ton monde."

"Finalement quelqu'un qui raisonne !" s'exclama mon père, cachant le trouble que je lus brièvement sur son visage. À ce qu'il semblait, il ne s'attendait pas à ce qu'une Rinaldi prît sa défense.

Je menaçai mon père, désireux de sortir de cette impasse : "Je te donne trois secondes pour t'en aller...". en réalité je n'aurais jamais eu le courage de le tuer mais, à cet instant précis, il était important qu'il me crût, autrement c'était la fin de Ginevra.

"Trois. Deux. Un... Non !" hurlai-je lorsque je vis un projectile partir dans la direction de Ginevra. Je ne pouvais pas croire que mon père ait eu le courage de tirer.

Instinctivement Ginevra s'affala sur le sol et je me précipitai vers elle pour voir où elle avait été touchée.

"Ginevra !" criai-je, le cœur me battant douloureusement dans la poitrine.

"Je vais bien", murmura-t-elle tremblante, le visage pâle.

Je la serrai contre moi comme pour protéger son corps et effacer tous ces mauvais souvenirs de son esprit.

"Je présume que tu as pris ta décision", dit mon père avant de s'en aller. "Je te donne un mois pour prendre en main les rênes de l'empire des Orlando."

Je respirai avec difficulté à cause de la peur éprouvée mais j'étais suffisamment lucide pour comprendre que mon père avait fait exprès de rater sa cible. Il était un très bon tireur et n'aurait pas manqué Ginevra s'il l'avait voulu. De sa part c'était un avertissement, une façon de me pousser à décider.

Et la chose avait fonctionné.

En ce moment j'aurais fait n'importe quoi, quitte à vendre mon âme, pour sauver Ginevra.

Pourquoi ?

Parce que je l'aimais à la folie. Je l'aimais tant que je ne pouvais plus imaginer de vivre sans elle.

30

GINEVRA

"Je ne veux pas que tu prennes la succession de ton père par ma faute", commençai-je après que Lorenzo m'eut libérée et conduite dans son appartement.

"Je n'ai pas d'autre choix."

"Si, au contraire. Je m'en irai. Je disparaîtrai de ta vie et tu n'auras plus à te préoccuper de moi." Après tout ce que Lorenzo venait de vivre, je ne voulais pas gâcher son existence en l'obligeant à mener la vie qu'il avait refusée sept ans auparavant.

"Ah oui ? Et où crois-tu pouvoir te rendre ?", me demanda-t-il avec une pointe d'amusement. Il ne croyait pas un mot de ce que je venais de dire.

"N'importe où, pourvu que ce soit loin d'ici."

"Et moi qui croyais que tu m'aimais. En somme j'ai traversé l'enfer à cause de notre relation et à présent tu me dis que tu jettes l'éponge ?"

"C'est justement parce que mon amour n'a apporté que mort et douleur que je crois qu'il est juste que je m'efface

217

et que je cesse d'agir en égoïste. Je ne pourrais pas supporter de te voir à nouveau entre les mains des hommes de mon père. Tu... tu ne sais pas ce que j'ai vécu...", murmurai-je en fermant les yeux pour essayer d'effacer tout le mal enduré et tout ce sang que j'avais vu au cours des derniers jours.

"Tu as eu peur ?"

"Oui et j'en suis encore terrorisée. Chaque fois que je repense à ce que ma rébellion a coûté, je me sens mourir. Je sais que tu ne me crois pas mais je te jure que je ferais l'impossible pour effacer ce qui s'est passé."

"Même notre rencontre ?", demanda-t-til en me regardant droit dans les yeux.

Je bredouillai, intimidée : "Oui... je n'ai pas d'autre choix."

"Bon, alors va-t-en", s'exclama-t-il, me montrant la porte d'un geste de défi. "On verra bien combien de temps tu tiendras le coup, étant donné que tu as toujours dit que tu m'aimais et que tu ne pourrais pas vivre sans moi."

"Je préfère vivre sans toi que te voir mourir des mains de mon père."

"Tu me sous-estimes, Ginevra."

Je me fâchai et me dirigeai vers la porte : "Tu te trompes. La vérité est que je suis en train de détruire ta vie, entre les pressions de ton père et la pesante menace du mien."

Il laissa échapper : "Crois-tu vraiment que je vais me laisser manipuler comme une marionnette par ces deux-là ?". Il saisit mon bras et m'empêcha de partir.

“Maintenant je vais te dire ce qui va se passer : je prendrai la place de mon père et je détruirai son empire de merde”

“Ton père ne le permettra jamais.”

“Quand je serai à la tête de ses affaires, je serai libre de mes faits et gestes. J’exploiterai le pouvoir des Orlando jusqu’à la moelle pour anéantir le clan Rinaldi en lui enlevant tout. Et puis j’en ferai autant avec le mien.”

“Tu en parles comme s’il s’agissait d’une simple promenade de santé.”

“Ce n’en sera pas une. Mais je connais le mode de fonctionnement de nos familles et je sais où les frapper. Il faudra des années pour y parvenir mais je peux t’assurer que je suis patient et très persévérant”, me répondit Lorenzo avec un tel calme qu’il me rendit nerveuse.

“Comment crois-tu pouvoir t’y prendre ?”

“Grâce à toi.”

“Moi ?!”

“Oui. En unissant les noms de nos familles nous donnerons un signal suffisamment fort pour bouleverser tous les équilibres antérieurs dans notre ville et, à la fin, les gens viendront vers nous. Mon objectif est d’avoir l’appui de la ville pour ce que nous sommes, pas pour les noms que nous portons.

“Mais en faisant ainsi, ne risque-t-on pas de créer une troisième faction ?”

“Oui et elle sera intouchable car aucun Orlando ne s’opposera à toi, de peur de me causer du tort ; et aucun Rinaldi ne s’en prendra à moi, de peur de causer ta ruine.”

"Il reste un petit problème que tu n'as pas pris en compte : tu vas hériter d'un empire et tu deviendras intouchable alors que, de mon côté, j'ai été déshéritée et je ne bénéficie d'aucun appui."

"Tu te dévalorises. Ta force ne réside pas dans ton nom mais dans ta capacité à plaire aux gens. Tu es une femme qu'on aime facilement."

"Va expliquer ça à ma famille !"

"Je ne parle pas de cette bande de déments mais des gens en général. Regarde simplement combien de monde t'adore ici au *Bridge* ! Tu as été enfermée et traitée comme une ennemie. Et cependant je suis au courant que tous ont été pleins d'attentions à ton égard et plus d'une fois j'ai risqué de me retrouver sans personnel si je ne te libérais pas. J'ai même dû fermer le *Bridge* parce qu'ils avaient refusé de travailler tant que tu ne serais pas revenue parmi nous. Et même dans cette partie de la ville, si tu es peu connue, je sais que beaucoup de gens ont dit du bien de toi, bien que ton nom véritable ait émergé."

"Seulement parce que nous étions ensemble."

"La chose va te surprendre mais, en vérité, je ne jouis pas d'autant d'admiration que toi, même si je suis un Orlando. Certains me respectent mais en réalité ils ont seulement peur de me contrarier et de mal finir ; alors qu'il en va différemment avec toi."

"Donc tu veux que j'appuie ton plan de subversion ?"

"Non, je veux que tu m'épouses."

L'épouser ?!

J'en restai bouche bée.

"Tu me hais", lui rappelai-je.

"Oui je te déteste. Je te déteste tellement que je suis prêt à retourner toute la ville pour te garder en sûreté. Je te déteste tant que je te pardonne tous tes mensonges. Je te déteste à un point tel que je deviendrais fou si je devais te perdre. Je te déteste tant que je ne peux plus rien faire sans toi. Enfin je te déteste tellement que l'amour que j'éprouve pour toi me tue à chaque fois que j'ai l'impression qu'il n'est pas partagé", confessa-t-il en m'attirant dans ses bras. "Je ne te permettrai jamais de me tenir à distance, même si cela signifie un changement radical dans ma vie."

"Mais je ne veux pas que tu te sacrifies pour moi", confessai-je affligée.

"Tu vaux mieux que tout, plus que tous les jours de ma propre existence", soupira Lorenzo en posant ses lèvres sur les miennes.

"En es-tu sûr ?", demandai-je quand je me détachai après un long et dévorant baiser chargé de promesses et d'amour.

"Je te l'ai déjà dit il y a un certain temps : nous appartenons l'un à l'autre et on ne revient pas en arrière, quoi qu'il arrive. Je t'aime Ginevra et je ne permettrai à personne de t'enlever à moi."

J'étais émue : "Je t'aime aussi Lorenzo". Je ne pensais pas que j'aurais encore entendu ces paroles. "Et je te promets que je ferai tout pour t'aider et te soutenir dans cette croisade. Moi aussi je veux que Rockart City soit de nouveau unie et je suis prête à tout pour combler ces brèches crées par nos familles."

"Donc tu m'épouseras ?"

Je m'exclamai, heureuse : "Oui", et l'embrassais passionnément.

"Mon Dieu, tu m'as tellement manqué", murmura Lorenzo d'une voix rauque, faisant glisser ses mains sur mon corps.

"Toi aussi", soupirai-je en passant mes doigts dans ses cheveux.

Chaque caresse, chaque baiser, qui suivirent furent une forme de rédemption pour tous les mensonges, secrets, blessures, moments d'emprisonnement, que nous avions vécus.

Nous fîmes l'amour et pour la première fois il n'y eut que nous deux : Lorenzo e Ginevra.

Aucun nom.

Pas de passé.

Seulement l'union de nos deux âmes et ce que nous nous jurâmes afin d'être heureux et de mettre fin à tout ce qui nous avait éloignés.

Ce fut notre promesse.

La promesse de recommencer et poser les premières pierres pour construire notre avenir.

Une promesse que nous engageâmes à respecter, ensemble, pour le meilleur et pour le pire.

31

LORENZO

Quinze ans plus tard

"As-tu mis Giacomo au lit ?" me demanda Ginevra, sortant de la salle de bains en robe de chambre.

"Oui. Il s'est endormi en quelques minutes. Lui me donne satisfaction !" répondis-je tout fier de moi pendant que je zappais, m'installant à mon aise sur le lit.

J'avais hâte de voir l'émission spéciale d'Henriette et George, mes animateurs préférés de *Rockart City News*.

"Et Lizzie ?"

"Elle est toujours pendue au téléphone à clavarder avec ses copines. Je lui ai dit que si d'ici une demi-heure elle n'éteignait pas, je lui séquestrais cet appareil. Elle s'est fâchée. Il n'est pas possible que tout ce que je dis ou fais avec elle finisse en dispute. Il n'y a pas ce genre de problème avec Giacomo."

"Giacomo n'a que cinq ans alors que Lizzie en a douze. Tu la brusques trop d'après moi."

"C'est à elle d'apprendre le respect dû à son père."

"Qui sait de qui elle tient", rit Ginevra en se dirigeant vers la porte. "J'y vais. Je vais la voir pour lui souhaiter une bonne nuit et lui faire éteindre son téléphone. Mais il faut que tu trouves le moyen de ne pas entrer en conflit avec elle à chaque fois que vous vous parlez."

"Es-tu sûre que cette petite sorcière soit bien ma fille ?"

"Archi-sûre. Vous êtes les mêmes ! Et la ressemblance n'est pas que physique", dit-elle en riant et sortant de la chambre.

Enfin seul je regardai la retransmission de cette émission diffusée dans l'après-midi.

Elle avait déjà débuté et les deux journalistes discutaient du sujet d'actualité du jour.

George avait la parole : "Certes, tout ceci est inconcevable si on repense à Rockart City il y a quinze ans. T'en souviens-tu Henriette ?"

"Et comment ! À l'époque Rockart City était divisée en deux. Une partie gouvernée par les Rinaldi et l'autre par les Orlando."

"Nul n'aurait pu imaginer que tout allait changer avec l'ascension de Lorenzo Rinaldi, l'héritier du puissant boss Salvatore Orlando. Tout le monde s'attendait à ce que le fils poursuive dans le climat de terreur et d'affaires de la criminalité organisée mis en place par le père. Et au contraire, Lorenzo s'est montré tout le contraire, disons plutôt... démocratique ?"

Henriette évoqua ce passé : "Démocratique n'est peut-être pas le terme approprié mais il a assurément imprimé un changement de cap tel qu'il a attiré de nou-velles entreprises et fourni du travail à nombre de nos concitoyens. De plus, pour la première fois, il a aboli la loi qui interdisait aux résidents des quartiers est de Rockart City de s'établir à l'ouest."

"Une perte sèche pour l'empire Rinaldi ! Car du coup tout le monde s'est transféré à l'ouest et la partie orien-tale s'est vidée d'un coup."

"Un changement qui a engendré de nombreux affron-tements entre les deux familles mais la force de Lorenzo Orlando a été telle qu'il a mis les Rinaldi à genoux."

"En réalité le mérite n'en revient pas qu'à Lorenzo Or-lando. Parlerons-nous ici du rôle fondamental joué par Ginevra Rinaldi, la troisième de la fratrie Rinaldi, dés-héritée par son père, et qui a fini par épouser Lorenzo Orlando ?"

"George, nul ne peut oublier la femme extraordinaire qui a mis fin aux guerres intestines entre les deux fa-milles en ayant eu le courage d'épouser un Orlando. Quel scandale les amis ! Et l'histoire ne s'arrête pas là ! Après la mort de son père, elle a dû affronter ses deux frères. On raconte que Rosa s'est rendue assez rapide-ment, de crainte d'affronter la colère du beau-frère si elle osait contrarier sa petite sœur. À l'inverse, Fernando a été plus compliqué à gérer."

"Même de nos jours, maintenant qu'il est dans l'oppo-sition, il ne rate pas une occasion de ternir la réputation de sa sœur et des Orlando. Nous l'avons reçu fréquem-ment dans cette émission et nous savons combien il a des idées arrêtées."

"Voire même un peu trop ! Personnellement je trouve que Ginevra Rinaldi est une femme incroyable, totalement dédiée à la ville et à ses habitants. On ne peut pas oublier ses batailles féministes contre le sexisme et l'homophobie. Elle a donné la parole aux minorités et a souvent tenu des discours remarquables sur l'importance des droits civiques. Elle a même reçu des reconnaissances insignes pour cela !", évoqua Henriette avec émotion, une ardente partisane de ma femme.

"Une femme merveilleuse ! Je dirais même : digne d'être épousée", soupira d'une voix mielleuse le journaliste, faisant monter mon irritation d'un cran.

"George tu arrives trop tard et tu n'as guère de chance face au fascinant Lorenzo Orlando !"

"Hélas, tu as raison", gloussa le journaliste, un peu embarrassé. "Mais maintenant abordons la partie la plus importante de notre émission."

"Exact. Le moment est venu de présenter notre invité spécial du jour !"

"Nul ne croyait que la chose arriverait un jour, mais aujourd'hui le premier maire élu par les habitant de notre ville est parmi nous !"

"J'ai encore du mal à y croire, George. La Maison Blanche a finalement fait marche arrière et nous a restitué, à nous habitants de Rockart City, le droit d'élire notre maire."

"Et qui plus est, c'est la première fois qu'il n'y a pas de ballotage ou des préférences étranges entre les quartiers est ou ouest de la ville. Ces élections ont été les plus équitables et les mieux équilibrées de l'histoire de Rock-art City."

"Grâce à une campagne basée sur la lutte contre le crime organisé, une meilleure intégration sociale, l'égalité des salaires hommes-femmes, la création d'un fonds d'aide aux familles nécessiteuses... Bienvenue à notre maire !", s'exclama Henriette en se levant pour accueillir l'invitée de l'émission.

George s'apprêtait à dire : "Avec soixante-sept pour cent des suffrages en sa faveur, voici...", quand subitement la télévision s'éteignit.

"Mais que diable...", me fâchai-je.

"Il est l'heure d'aller au dodo", m'intima Ginevra, posant la télécommande avec laquelle elle venait d'éteindre la télé.

J'étais tellement absorbé par l'émission que je ne m'étais pas aperçu de son retour.

"Ah bon ? Et qui se permet de le dire ?", la taquinai-je, me laissant séduire par la très belle chemise de nuit brodée de soie blanche que Ginevra me dévoila en ôtant sa robe de chambre.

"C'est le maire qui t'en donne l'ordre", me chuchota-t-elle à l'oreille, se plaçant à califourchon sur moi et commençant à me déshabiller.

"Bon, si c'est le maire qui le demande..."

"Toi tu obéis, n'est-ce pas ?", affirma-t-elle décidée, me jetant un coup d'œil qui n'admettait pas de réplique.

"Tout à fait, madame le Maire", répondis-je en souriant avant de me noyer dans un de nos baisers les plus langoureux.

Cela faisait des années que Ginevra était devenue une femme forte et indépendante. Mais j'étais toujours surpris qu'elle parvenait à me faire faire ce qu'elle voulait.

Même sa candidature aux élections municipales avait déclenché une de nos pires disputes parce que cette fonction était maudite et j'étais terrorisé à l'idée qu'il puisse lui arriver quelque chose ; mais à la fin j'avais cédé.

Il était primordial pour elle d'apporter sa contribution au bien-être de la ville et des gens autour d'elle.

Et après moult hésitations j'avais accepté de la seconder, lui donnant tout mon appui et veillant à ce que personne n'osât toucher un seul de ses cheveux.

Je savais que Ginevra s'était rendue compte qu'elle posait ses pas dans les traces des miens parce que là où elle voulait parvenir, je la précédais pour lui aplanir le chemin en m'assurant qu'il ne présentait aucun danger pour elle ; mais elle avait toujours gardé le silence, ne souhaitant pas aborder ouvertement le sujet avec moi.

Après quinze années de mariage et deux enfants, nous nous connaissions si bien qu'il suffisait d'un regard pour comprendre les pensées de l'autre et le plus beau de l'histoire était qu'il n'y avait plus de secret ni de vieille rancœur à partager.

FIN

www.ingramcontent.com/pod-product-compliance
Lightning Source LLC
LaVergne TN
LVHW092349170726
843489LV00001B/100